ALERTA BÉCQUER

Primera edición: septiembre 2024

info@preguntaediciones.com
www.preguntaediciones.com

ISBN: 978-84-19766-48-9
Depósito legal: Z-1391-2024

Printed in Spain. Impreso en España por Estilo Estugraf Impresores

MIGUEL MENA

ALERTA BÉCQUER

PREGUNTA

Para Alicia Mena, Iria Cebrián Jorge
Cebrián, Daniel Mena y María Serrano,
siempre con ganas de aventuras

En plena madrugada, tras retirar la lápida y enfrentarse a un puñado de huesos y una calavera, Eduardo rememoró el día en que había conocido a Dafne y esos ojos suyos que fundían el hielo. Sólo el recuerdo de aquellos destellos azules le permitió enfrentarse con determinación a las cuencas vacías de aquel cráneo que, a la luz de la linterna, no mostraba ningún rastro reconocible de haber sido el de uno de los hombres más apasionados y románticos del siglo XIX, el poeta Gustavo Adolfo Bécquer.

Eduardo se quedó por un momento ensimismado, absorto, pensando en Dafne y sólo en Dafne. No veía el interior de una sepultura: veía campos de amapolas, playas de arena blanca, noches bajo la luz de la luna. Veía besos, caricias, susurros compartidos. Veía una nube en la que flotaba como un astronauta en una cápsula sin gravedad. Veía la Vía Láctea, el universo, el espacio infinito. Pero entonces sintió una mano en el hombro, una vuelta al mundo real, un escalofrío y una voz profunda y tajante:

—¡Sácalo de una vez y vámonos de aquí echando leches!

Óscar le devolvió a la realidad con la urgencia de quien sabe que en ciertos momentos no conviene recrearse, sino huir cuanto antes. Porque Óscar no veía ojos azules ni campos de fresas, Óscar veía una cripta en penumbra a la luz de sus linternas, un lugar siniestro al que le había arrastrado un extraño sentido de la lealtad del que estaba empezando a arrepentirse. Porque a Óscar aquello no le hacía ninguna gracia. Él no veía las cosas con el apasionamiento que tenía Eduardo, que parecía que lo hubieran drogado. Óscar estaba allí por amistad y Eduardo estaba allí por amor, por demostrarle a su chica que nadie en el mundo haría nada por ella del calibre de lo que él estaba haciendo: liberar los restos de Gustavo Adolfo Bécquer de aquel rincón sombrío para trasladarlos al lugar donde, según había oído a Dafne, debían estar: el cementerio de Trasmoz, muchos kilómetros al norte de Sevilla, al aire libre y fresco del Moncayo.

Todo había empezado unos meses antes, en una fiesta universitaria. Eduardo, Óscar y otros compañeros con quienes coincidían en los estudios para profesores de Educación Física habían abordado a un grupo de chicas, casi todas estudiantes de Filología, de Historia y de Bellas Artes. Dafne era de Bellas Artes. Eduardo lo intuyó en cuanto le puso la vista encima: parecía salida de un cuadro, de una pintura antigua que no sabría bien en qué periodo ubicar, pero que a él le fascinó de inmediato. Morena, vestida de negro y demasiado pálida para ser sevillana, el brillo intenso de sus ojos azules contrastaba con su imagen un tanto gótica.

Su amigo Óscar le dijo que siempre se fijaba en chicas raras. Eduardo respondió que siempre se fijaba en chicas guapas. Óscar aclaró que había guapas que no eran raras. Eduardo le replicó que lo que él llamaba rareza era personalidad. No discutieron más.

A partir de ese día, Eduardo empezó a quedar con Dafne o, como decía Óscar, Dafne empezó a apoderarse de él. Primero se veían en el entorno de la universidad; luego, en bares del centro; más adelante, en sitios a los que Dafne solía acudir: iglesias, museos, el cementerio.

—¡¿En serio que has ido con ella al cementerio?! —exclamó Óscar cuando se enteró—.

¡Tío, tú no estás enamorado, a ti te han abducido!

A Eduardo no le importó el asombro ni las reticencias de su amigo. Mientras Óscar tocaba madera y recordaba el mal fario que traían los muertos, Eduardo veía otra cosa: se veía a sí mismo ayudando a Dafne a transportar sus útiles de dibujo, buscando el panteón del cementerio que ella quería convertir en un cuadro, colocando el caballete, retirando algunas hojas caídas sobre la losa y las esculturas del sepulcro elegido, y, ante todo, se veía besando a Dafne, besándose con una intensidad que nunca antes había conocido, como si les fuera la vida en ello, en el silencio del cementerio, con los ojos cerrados, o casi cerrados, porque Eduardo los entreabrió un momento, lo justo para leer lo que había escrito frente a él: «Tu familia no te olvida». Luego los volvió a cerrar olvidándose de su padre, de su madre, de su hermana, de sus abuelos, de sus tíos y de cualquier ser humano que no fuera Dafne, la hermosa Dafne, la enigmática Dafne, la sensual Dafne que al concluir el beso le susurró:

—Hay besos que saben a eternidad.

A Eduardo, sin embargo, se le había hecho corto. Quería más. Quería volver a cerrar los ojos, dejar de leer todas las inscripciones fúnebres que le rodeaban y no ver otra cosa que el océano caliente en el que le parecía flotar mientras se besaban. Pero Dafne era muy seria para sus cosas y dijo que no habría más besos hasta que acabase la sesión de dibujo. Y mientras ella trazaba las líneas del panteón, Eduardo sacó sus apuntes de Organización y Gestión de Empresas Deportivas y se puso a hacer como que estudiaba, aunque le resultaba difícil concentrarse allí. No por los muertos, sino por Dafne, que estaba muy viva en sus pensamientos y no le dejaba centrarse en otra cosa.

Poco a poco, en las primeras semanas de noviazgo, Eduardo fue mimetizándose con ella, acoplándose a sus gustos, dejándose orientar por Dafne a la hora de elegir una película, un disco, un corte de pelo o unos zapatos.

—Eres muy guapo, pero te falta estilo —le dijo Dafne al principio de la relación—. Tienes que reforzar tu personalidad.

Óscar le vio transformarse con una cierta preocupación.

—¿De verdad vas cómodo con eso? —preguntó cuando cambió el calzado deportivo que solía usar por unas recias botas negras de largos cordones—. Tienes que llevar el pie cocido.

Eduardo lo negaba todo. Negaba que esa tendencia a la ropa invernal y oscura fuera mal con el clima de Sevilla. Le recordaba a su amigo que los habitantes del desierto iban cubiertos de la cabeza a los pies, y cuando Óscar le preguntaba si también pensaba ponerse turbante, le decía que, si Dafne se lo pedía, era capaz de ponerse un botijo en la cabeza.

—Pues un poco de agua por encima no te vendría mal —decía Óscar—. Para refrescarte las ideas, que yo creo que se te está derritiendo el cerebro.

—Eso es envidia.

—¿Envidia de que tengas novia? ¡Venga ya! Las chicas sólo traen problemas.

Eduardo pensaba que las chicas sólo traían satisfacciones. No todas las chicas, claro. Dafne. Su chica. Las que había conocido antes ya no contaban. Lo anterior había sido un mero aprendizaje. Dafne era la graduación, el máster, el doctorado. Dafne era lo único, lo primordial, lo más alto. Dafne era el amor de su vida y tenía que demostrárselo con algo fuera de lo común, con algo que nadie hubiera hecho antes, con algo singular, con algo grande.

Eduardo descubrió cuál podía ser ese objetivo el día que acompañó a su chica a una tertulia con otros jóvenes artistas. Había un poco de todo: músicos, poetas, diseñadores, fotógrafos, actores de teatro... Todos vestidos de oscuro, todos bastante pálidos, todos un tanto lánguidos, todos un punto apasionados y todos muy románticos. Porque, como dijo uno de ellos, «el romanticismo es una actitud ante el mundo; el romanticismo no tiene límites y es eternamente joven». Fue allí cuando surgió el nombre de Bécquer, enterrado en la iglesia contigua a la facultad donde estudiaba Dafne, y cuando Eduardo apreció con qué pasión lo defendía su pareja y con qué energía pedía justicia para él:

—Porque Gustavo Adolfo era el menos andaluz de los poetas sevillanos —decía Dafne con vehemencia—. Él era serio, taciturno, melancólico; no tenía nada que ver con el carácter de esta ciudad. Por eso se fue de aquí y por eso no tenían que haberlo traído después de muerto.

—Tienes razón —dijo otro de los asistentes—. Nadie le hizo caso en vida. Murió ignorado y pobre, pero se aprovecharon de la fama que alcanzó cuando llevaba mucho tiempo muerto.

—Muy propio de este país: dejar que se mueran de hambre sus artistas y rendirles honores cuando ya han desaparecido. Y encima no respetar su voluntad. Gustavo Adolfo nunca quiso que lo enterraran en un sitio lleno de mármoles, que ahora además está lleno de todos esos papelitos que le pegan encima. Yo creo que no puede descansar en paz en la cripta de la Anunciación. Y ahí lo tenemos. Debe de llevar un siglo agitándose en la tumba, porque él quería otra cosa, acordaos de aquella rima: «En donde esté una piedra solitaria / sin inscripción alguna / donde habite el olvido / allí estará mi tumba».

—Pues yo aún te digo más —añadió un joven actor—: recuerda lo que escribió en las cartas *Desde mi celda*, que sólo quería por encima «un poco de tierra, cuatro ortigas, un cardo silvestre y alguna hierba que le cubriera con su manto de raíces».

—Exacto. —Dafne se animaba al ver que la apoyaban—. Y recuerda aquello otro que escribió, que se resistía a pensar que pudieran meterle preso en un ataúd y luego en un nicho. Si es que lo dijo en prosa y en verso: que no y que no.

—Entonces, según tú, ¿dónde debería estar?

—Muy lejos de mi facultad: en el Moncayo. En el cementerio de Trasmoz, que le inspiró la más bella reflexión sobre la vida y la muerte. Allí lo dejó bien claro. Y alguien debería hacer algo para reparar esa injusticia histórica.

Eduardo no necesitaba escuchar más: si su chica quería hacer justicia histórica, él sería el brazo ejecutor. Si su chica quería romanticismo, él le haría la mayor demostración: se enfrentaría al peligro por nada, sólo por la poesía, sólo por amor.

Una vez tomada la determinación, y una vez pasado el calor de la tertulia, Eduardo reflexionó que, aunque no podía ser muy difícil mover unos huesos de aquí para allá, para todo se necesitaba ayuda. Y se la pidió a Óscar.

—¡Te has vuelto loco! ¡¿Tú te crees que esto es el antiguo Egipto y tú y yo salteadores de tumbas?!

—Un poco loco sí que estoy, pero es por Dafne. Ya te pasará a ti algún día.

—¡De ninguna manera! Y aunque me pase, no voy a ir por ahí moviendo muertos.

—No lo veas como un muerto, piensa que sólo serán unos huesos.

—¡Sí, claro, como si fueran huesos de aceituna! Serán huesos de muerto, ¿no?

—Ya no producen impresión cuando ha pasado tanto tiempo.

—Tiempo el que vas a pasar en la cárcel como te pillen.

—No te creas. Lo tengo todo calculado. Un delito deja de serlo a los ojos de la gente cuando lo vistes de justa reivindicación. En el hipotético caso de que nos detuvieran, en primer lugar no es muy grave, pero es que además lo explicaríamos como un acto de justicia poética. En lugar de ir a la cárcel, adonde nos llevarían es a la televisión. Una televisión detrás de otra. No lo digo porque me apetezca que nos cojan, pero yo creo que nos haríamos famosos. Lo mismo hasta podríamos vivir de ello.

Óscar enmudeció de repente: le causó asombro pensar que su amigo tenía razón. Alguien que fuera capaz de algo así podía pasarse el resto de su vida de televisión en televisión. No era algo que le sedujera, pero al menos reducía el riesgo de la operación. Ese minuto de reflexión fue fatal para él porque sirvió para que Eduardo le convenciera del todo y, antes de que pudiera darse cuenta de su cambio de opinión, ya estaban planificando cómo hacerlo.

En las semanas siguientes, Eduardo y Óscar visitaron de incógnito la Facultad de Bellas Artes y la iglesia de la Anunciación. Evitando las horas en que pudieran encontrarse con Dafne. Haciéndose pasar por estudiantes en un sitio y por turistas en el otro. Armados de cuaderno de notas y cámara de fotos. Observando los diferentes accesos a la cripta, tanto desde el recinto universitario como desde el templo. Tomando apuntes. Ultimando los detalles para hacerse una composición de lugar de cara a organizar una estrategia. Después de darle muchas vueltas, Eduardo propuso la que consideraba más viable.

—El acceso es más fácil por la facultad, pero por la iglesia es más discreto y además es por el único sitio que tenemos una vía de escape.

—Eso si no nos quedamos allí dentro para siempre —refunfuñó Óscar, más tenso cuanto más se acercaba el día de hacerlo.

A pesar de sus reticencias, el propio Óscar reconocía que escapar a través de la facultad era imposible y que hacerlo a través de la iglesia resultaba increíblemente sencillo.

La gran puerta de acceso a la Facultad de Bellas Artes y las dos puertas laterales que la escoltan se cierran durante la noche con una verja metálica que llega desde el suelo al techo. Incluso todas las ventanas de la primera planta están fuertemente enrejadas. No hay un hueco por el que colarse. En contraste, el edificio contiguo, la iglesia de la Anunciación, no tiene ni una sola medida de seguridad. Ningún aparato de alarma. Y la pequeña puerta de acceso, que forma parte de una de las dos hojas de la gran puerta del templo, sólo está cerrada con un pasador. Una de esas cerraduras típicas en muchas casas de pueblo, que desde fuera tienen que abrirse con llave, pero desde dentro no la necesitan porque basta con apretar un pequeño botón para descorrer el pasador.

El templo carece de cualquier tipo de vigilancia. Por lo general, además de los ocasionales visitantes, sólo hay una persona en él. Suele ser el capellán de la Hermandad del Valle o alguno de los cofrades, siempre dentro de la sacristía, situada a la izquierda del altar mayor. Aunque mantienen la puerta entreabierta, por si alguien los requiere, el ángulo de visión sobre la iglesia es prácticamente nulo y lo habitual es que quien se encuentra allí pase las horas entretenido con alguna lectura. Eduardo lo veía todo muy sencillo.

—Entramos a última hora, nos escondemos, esperamos a que cierren, actuamos y, en cuanto acabemos, salimos tranquilamente por la puerta.

—¿Dónde nos escondemos?

—Bueno, yo veo dos alternativas claras: la trampilla o el coro.

—¡Yo en ese agujero no me meto! —replicó Óscar de forma tajante.

El agujero al que se refería era la trampilla situada nada más entrar a la derecha, un tabloncillo de madera que Eduardo había levantado con disimulo en una de sus visitas. Apenas un instante. Lo justo para ver una escalerilla de descenso, algunos cachivaches y mucha mugre. No sabían para qué servía aquello. Quizá para guardar objetos de limpieza o algo así, pero a Óscar se le antojaba un lugar horrible para permanecer un rato largo escondido allí, bajo el suelo, en un lugar que imaginaba húmedo y lleno de ratas. En vista de su rechazo, Eduardo optó por la alternativa.

—Entonces tendremos que escondernos en el coro.

Y con ese plan se encaminaron a la iglesia cuando llegó el día elegido y la hora señalada; con la certeza de cómo y cuándo iban a entrar, pero con el cosquilleo de la incertidumbre en cuanto al momento de salir.

Eduardo había pasado la tarde con Dafne y llegaba en una nube, flotando, loco de amor y más decidido que nunca a hacer algo grande por ella. Óscar había pasado la tarde ayudando a sus padres en la tienda de disfraces, adornos, complementos y artículos de broma que tenían en una calle no muy lejos del centro de Sevilla. Llegaba inquieto, sudoroso, preguntándose una vez más si eso a lo que se había prestado era amistad o era insensatez; si lo que debía haber hecho como amigo era denunciar a Eduardo antes de permitir aquello que uno veía como una locura de amor y el otro, sólo como una locura. Sin más.

Pero ya no había vuelta atrás. Ya estaban traspasando el umbral de la iglesia de la Anunciación y, si quería consolarse, más le valía pensar en que lo peor que le podía pasar como consecuencia de todo aquello era convertirse en una estrella de la televisión nacional.

Eduardo y Óscar se habían vestido con ropas oscuras y llevaban a la espalda dos mochilas de tamaño medio, bien cargadas de material. Por lo que pudiera pasar. Portaban martillos, destornilladores, alicates, espátulas, cortafríos, palanquetas, todo lo que les había parecido de utilidad al aprovisionarse en la ferretería. También llevaban bolsas de basura para introducir en ellas los restos de Bécquer, algo que a Óscar le provocó una reflexión.

—Como Dafne se entere de que metes los huesos de Bécquer en una bolsa de basura, no creo que vaya a quererte mucho.

—¿Dónde quieres que los meta? ¿En bolsas del supermercado? Era lo único que tenía por casa.

Óscar estuvo de acuerdo en que la alternativa era aún menos elegante y los dos convinieron en que habría que comprar una bolsa de tela, algo un poco más digno para los restos del poeta. Pero primero había que hacerse con ellos y la tensión empezó a acrecentarse cuando, una vez dentro de la iglesia, pasearon mirando arriba y abajo, apurando el reloj antes de camuflarse en el espacio elegido.

Ya cerca de la hora del cierre, vieron que estaban solos, que no había más visitantes, y entonces, rápidamente, Eduardo abrió la puerta de acceso al coro y le hizo un gesto a Óscar para que entrara.

Subieron los escalones a oscuras, muy despacio, tanteando cada paso que daban. Al llegar arriba, caminaron en cuclillas para que nadie pudiera verlos desde abajo y se escondieron detrás del órgano. Agazapados allí, en completo silencio, se dispusieron a esperar su momento.

El tiempo se hace eterno en situaciones así. Cada minuto parece una hora. Los nervios de Eduardo y de Óscar se acrecentaron en el rato que pasó hasta que oyeron unos pasos en la nave central de la iglesia. Después escucharon otros ruidos característicos. El cierre de una puerta. Luces que se apagan. Otro cierre de puerta. Un tropezón con un banco. Puertas que se encajan. Más cerraduras. Y por fin, el silencio.

El silencio es imponente en una iglesia grande y oscura. Eduardo y Óscar aún tardaron unos minutos en decidirse a hablar. Les parecía que el susurro más nimio podría retumbar con estruendo entre aquellas paredes. Necesitaban estar muy seguros de que ya no quedaba nadie y de que el último en marcharse no volvía sobre sus pasos por haber olvidado algo.

Transcurrido un tiempo prudencial, Eduardo hizo un gesto y se pusieron en marcha. Salieron de detrás del órgano, llegaron a la escalera, bajaron con el mismo cuidado con el que habían subido y, al situarse ante la puerta por la que habían accedido un rato antes, se encontraron con un detalle inesperado.

—Está cerrada —susurró Eduardo, comprendiendo enseguida que uno de los cierres que habían escuchado era precisamente ése.

—¡¿Y ahora qué hacemos!? —dijo Óscar, haciendo esfuerzos por no levantar la voz a pesar de la tremenda sorpresa.

Eduardo pensó que eso no les habría pasado si se hubieran ocultado bajo la trampilla, pero no lo expresó porque no era buen momento para ponerse a discutir. Como no habían llevado cuerdas para descolgarse en rápel desde el coro, estaba claro que la única opción era reventar aquella cerradura. Pero a los dos les daba pánico hacer ruido. En consecuencia, decidieron utilizar el instrumental que llevaban para desmontar el cierre despacio, con cuidado y sin armar jaleo.

Eso les llevó un buen rato de maniobras con el destornillador y los alicates. Todo estaba viejo y oxidado. El esfuerzo para desmontarlo costaba el doble que en una cerradura normal.

—Esto es un aviso para que lo dejemos —susurró Óscar, mientras Eduardo resoplaba por el esfuerzo.

Pero su amigo no había llegado hasta allí para dejarse vencer por la primera dificultad. Siguió maniobrando igual de animoso hasta que consiguió liberar el paso y salir de allí. Después de todo, ya contaba con que habría retrasos. Pero tenían muchas horas de soledad por delante. Tantas que incluso se permitió recomponer un poco la cerradura que acaba de desmontar antes de dar el siguiente paso.

Los dos amigos avanzaron pegados a la pared, bajo las estatuas que los observaban desde la penumbra. Al llegar al crucero torcieron a la derecha y se plantaron ante la gran puerta que comunica la iglesia de la Anunciación con la Facultad de Bellas Artes. Una puerta sin llave; sólo atrancada con un gran cerrojo. Un enorme pasador que fueron abriendo lentamente, no sin sentir un escalofrío por el rechinar metálico que producían y que en la oscuridad del templo sonaba como un angustioso gemido.

Ya sabían que al otro lado iban a encontrarse con una verja de hierro de unos tres metros de altura, pero muy fácil de trepar por ella y pasar al otro lado por encima. Fácil para cualquiera, y más para ellos, dos consumados deportistas. Una vez que lo hicieron, ya estaban en la escalera de acceso a la cripta.

Sus linternas iluminaron los escalones de mármol y el letrero que anunciaba la entrada al panteón de Sevillanos Ilustres. Las pocas esperanzas de Óscar en que Eduardo se arrepintiera, se desvanecieron en cuanto vio la decisión y la firmeza con que se encaminaba a buscar la sepultura de Bécquer.

Entre todos los personajes enterrados allí, era el más fácil de localizar: la pared del panteón que ocupaba junto a su hermano estaba plagada de notas de colores. Frases de amor dejadas allí por decenas de jóvenes. Mensajes escritos sobre papelitos verdes, rosas y amarillos que parecían luciérnagas a la luz de las linternas.

Los dos amigos se quitaron las mochilas, extrajeron de ellas el material imprescindible para proceder a la exhumación y Eduardo comenzó a maniobrar con mucho cuidado. No quería romper la lápida, así que utilizó un pequeño cortafríos para ir abriéndola despacio por todo el contorno. Una tarea lenta y minuciosa, parecida a la de un arqueólogo que avanza milímetro a milímetro para no perjudicar el tesoro que extrae. Todo demasiado premioso para la impaciencia de Óscar.

—Dale un golpe y acabamos de una vez.

—Hombre, Óscar, se merece un respeto.

—Sí, mucho respeto, pero lo vas a recoger a puñados en bolsas de basura.

Eduardo no quería discutir. Siguió con su tarea, golpecito a golpecito. Más que un ladrón, parecía un escultor o un joyero. Cuando por fin empezó a desprenderse la lápida, habían perdido la cuenta de las horas que llevaban allí dentro. Pero ya atisbaban el fin: un golpe seco, pero suave, y aquello se movió.

Retiraron el mármol con mucho cuidado. Eduardo enfocó el interior con su linterna.

Vio restos de madera podrida, un puñado de huesos y una calavera. Le recorrió un escalofrío. Se quedó paralizado, absorto, sumido en una mezcla de vértigo y ensoñaciones amorosas, hasta que Óscar lo zarandeó para meterle prisa. Entonces respiró hondo, pasó la linterna a su compañero, estiró un poco los guantes de látex que no había dejado de usar en ningún momento, cogió una de las bolsas de basura y empezó a meter en ella los huesos que tenía delante. Ninguno era muy grande. Siglo y medio de encierro, humedad, ratones y gusanos habían dejado el esqueleto del poeta reducido a un volumen muy manejable. Eduardo metió en una bolsa lo que había de costillas, vértebras, tibias, cúbitos, rótulas y otras menudencias. Después, con mucho cuidado, con algo que no sabía si era miedo o respeto, cogió la calavera con las dos manos, la movió lentamente, la sacó del sepulcro y la depositó en otra bolsa.

Óscar observó todo el proceso con aprensión, haciendo lo posible por no fijarse en los detalles, entrecerrando los ojos para ver lo justo, cerrando las bolsas rápidamente y urgiendo a Eduardo a reponer la lápida de la manera más simple y salir de allí cuanto antes. Y así lo hicieron, tras repartir los restos del poeta en las dos mochilas.

Recorrieron el camino inverso, volvieron a saltar por encima de la verja de hierro, retornaron a la iglesia, cerraron la puerta que comunicaba con la facultad, atravesaron el templo despacio por un lateral, abrieron sin ninguna dificultad el pasador de la puerta de la calle, se asomaron, vieron que no había nadie, salieron y se perdieron en la oscuridad de la noche sevillana con un poeta troceado en sus espaldas.

Dafne soñaba otra vez que sus padres la obligaban a estudiar Ingeniería Industrial. Era una de sus pesadillas recurrentes. La otra era que trabajaba en una cadena de envasado de verduras y durante ocho horas al día metía espinacas en una bolsa. Los dos temores eran absurdos, porque sus padres jamás la habían empujado hacia las ciencias y porque las espinacas se embolsan con máquinas, pero el subconsciente no siempre es realista a la hora de elegir imágenes. Así que Dafne volvía a agobiarse con la ingeniería. Era un sueño atroz: discutía con su familia, se veía perseguida por ecuaciones y logaritmos, amenazaba con arrojarse desde la Giralda y al final, con tanta angustia, se despertaba. Más o menos cuando ella despertó, Lorenzo Marín, empleado de la limpieza pública, iniciaba su jornada laboral en la plaza de la Encarnación y poco después de haber empezado a darle a la escoba se plantaba delante de la iglesia de la Anunciación. Entonces observó algo extraño: la puerta pequeña de la derecha no estaba bien encajada. Presionó un poco y cedió con facilidad. Podía entrar en la iglesia. Se asomó lo justo y dentro sólo percibió oscuridad y silencio. Pasaba todos los días por allí y nunca la había visto abierta a esas horas. Pensó que aquello era muy raro. La encajó lo mejor que pudo, procurando que no se notara la abertura, y siguió barriendo calle arriba con la intención de comentárselo al primer guardia municipal con el que se cruzara.

Eduardo había previsto guardar los restos de Bécquer en el maletero de su coche, heredado de su padre cuando dejó el pueblo para ir a estudiar a Sevilla, y salir de viaje hacia el

Moncayo un par de días después. Ya estaban todas las excusas preparadas y habría de ser todo muy rápido. Pero cuando llegaron a la puerta del bloque de viviendas donde vivía alquilado, echó la mano al bolsillo y no encontró las llaves. Se palpó todos los bolsillos y seguía sin dar con ellas. Abrió la mochila, apartó los huesos, sacó las herramientas, y nada. Entonces se asustó.

—Tenemos que volver; se me han debido de caer en la iglesia.

—Yo no vuelvo ni loco —rechazó Óscar.

—Pero ¡es que las van a encontrar!

—¿Y qué? ¿Llevan tu nombre o tu dirección?

—No, claro; no soy tan idiota.

—Pues entonces que las encuentren. ¿O prefieres volver allí y que nos pillen?

—¿Y qué hago ahora? No hay nadie en casa, y en algún sitio hay que meter esto.

—¿No tienes copia de las llaves?

—Las tiene Dafne.

—Pues llama a Dafne.

—No puedo llamar a Dafne a estas horas.

—¿Ves lo que te pasa por confiar en las chicas? A nosotros nos guarda las llaves la vecina.

—Tampoco iba a llamar a los vecinos a estas horas. Y además da igual: el caso es que en algún sitio tenemos que guardar esto, y si no puede ser en mi casa, tendrá que ser en la tuya.

—¡¿En mi casa?! ¡¿En mi habitación?! Ni muerto.

—¿Llevas la llave del almacén de la tienda?

—Sí, ¿por qué?

—Podemos meterlo allí. Mañana por la noche volvemos y lo recojo.

A Óscar no le seducía la idea, pero la alternativa era pasear con los restos de Bécquer a la espalda hasta que fuera una hora prudente para acercarse a casa de Dafne por las llaves; y eso le gustaba aún menos. Así que aceptó. A regañadientes, pero aceptó.

Enfilaron la dirección de la tienda de sus padres y diez minutos después entraban en ella por el almacén. No encendieron las luces. Se alumbraban con las linternas que habían utilizado en la iglesia. Óscar estaba tan nervioso como cuando habían abierto la tumba. Quería marcharse de allí cuanto antes. Observó unas cajas apiladas junto a la entrada y se dirigió a ellas. Abrió una; dentro había máscaras, antifaces, capuchas, pelucas, pañuelos y otros complementos para disfraces. Eduardo le pasó la bolsa que contenía el cráneo del poeta y la metió allí dentro. Cerró la caja y la colocó en el montón. Abrió otra que contenía todo un arsenal de plástico: tridentes, guadañas, espadas turcas, mazas medievales, *tomahawks* indios, dagas ensangrentadas. Allí dejó la bolsa con los huesos. Después, tras comprobar que no pasaba nadie, salieron rápidamente a la calle.

—¿Y ahora qué hacemos? —dijo Óscar—. No puedo ir a casa porque comenté que me quedaba a dormir en la tuya.

—¿Nos vamos a la estación?

—¿Qué?

—No sé, en algún sitio hay que matar el tiempo, y allí por lo menos estará el bar abierto.

Óscar dijo que bien, que de acuerdo, que se iban a la estación, y que lo mejor que podían hacer allí era coger el primer tren que saliera de Sevilla y largarse lejos una temporada.

El párroco de la Anunciación, capellán de la Hermandad del Valle, llegó a la iglesia un poco antes del horario habitual, alertado por la Policía Local, después de que el barrendero denunciara que había encontrado la puerta abierta. Cuando apareció, los agentes le tranquilizaron:

—Hemos echado un vistazo y todo parece en su sitio.

—Eso tengo que verlo yo —dijo el cura—. Una iglesia tiene demasiadas cosas de valor que no lo parecen a los ojos de un profano. ¿Han mirado en la sacristía?

Los guardias dijeron que no, que sólo habían mirado en el altar mayor y en las capillas laterales. El sacerdote los condujo a paso vivo hacia la sacristía. Encendió las luces y miró alrededor. Los cálices estaban en su sitio, también los relicarios, los candelabros, las cruces procesionales, las casullas y otras prendas litúrgicas. Y en el resto del templo, igual: no faltaba ningún cuadro, ninguna talla, ningún tapiz. Pero el párroco intuía algo extraño. Algo poco perceptible pero que flotaba en el aire. Como el rastro de una presencia.

Entonces fue cuando se dirigió a la puerta que comunicaba con la facultad y apreció algunos detalles y huellas del paso de alguien por allí. Pidió a los policías que descorrieran el cerrojo, abrió después la verja con las llaves que llevaba encima y descendió hacia la cripta seguido por varios agentes. Caminaron entre las tumbas de los Sevillanos Ilustres y al llegar ante la lápida de Bécquer el sacerdote notó que había sido removida. La tocó y vio que se desplazaba. La retiró del todo, se asomó dentro y no pudo evitar una exclamación.

—¡Santo Dios! ¡Ha desaparecido el poeta! ¡Con lo que se parecía a Cristo ese hombre! ¡Qué el cielo nos coja confesados!

Los policías, atónitos, no supieron si postrarse de rodillas, echar a correr o llamar a las asistencias médicas.

Eduardo fue muy prudente y prefirió estirar la mañana antes de mandarle un mensaje a Dafne diciéndole que necesitaba verla porque había perdido las llaves. Fue tan prudente que, cuando lo hizo, Dafne estaba a punto de salir de casa y le contestó que dejaría las llaves al portero de su bloque de viviendas. Óscar le acompañó a recogerlas: después de todo, él tampoco podía volver a su casa, pues se suponía que se había quedado en la de

Eduardo. Y finalmente allí acabaron los dos, rotos, agotados, muertos de sueño y con un enorme cansancio mental por haber vivido la noche más excitante de su vida, en el caso de Eduardo, y la más desquiciante, en el caso de Óscar. Tal y como estaban, en cuanto vieron una cama cayeron rendidos.

Los alrededores de la Facultad de Bellas Artes y la iglesia de la Anunciación se llenaron de coches en cuestión de minutos. Primero llegaron algunos vehículos de la Policía Municipal; luego, los de la Policía Nacional; más tarde, coches oficiales procedentes del Ayuntamiento, del arzobispado, de la Consejería de Cultura y de la delegación del Gobierno; después, los de periodistas de prensa, radio y televisión. Había coches por todas partes. La primera consecuencia de la desaparición de Bécquer fue un gran atasco; la segunda, un enorme desconcierto. Curas, profesores, policías, concejales, consejeros, asesores, guardaespaldas y periodistas se agolpaban en el interior y en el exterior del templo intentando encontrar una explicación a lo sucedido.

La primera tesis, la del párroco, la de la resurrección, pareció descartarse cuando, tras las primeras indagaciones policiales, se observaron varias evidencias de que la sepultura del poeta había sido profanada y sus restos, robados. Poco más pudieron deducir los policías, porque en poco tiempo aquello se llenó de tanta gente, de tanta autoridad queriendo saber algo, de tanto periodista preguntando a gritos y colándose por todos los rincones, que se hizo imposible seguir investigando. Allí no había forma de entenderse, así que la máxima autoridad policial ordenó a varios agentes que custodiaran la iglesia, para que no desapareciera ninguna prueba, y a todos los demás les ordenó replegarse, a la espera de que se disolviera aquel caos y los investigadores pudieran empezar en serio con su trabajo.

Eduardo y Óscar durmieron hasta la tarde. Habían apagado sus móviles para que nadie los despertara, para reponerse de la tensión acumulada durante la noche y quizá también para alargar un rato más el momento de enfrentarse a sus consecuencias. Al despertar, sus teléfonos acumulaban varios mensajes. Eduardo tenía uno de Dafne. La llamó.

—¡¿Te has enterado?! —exclamó Dafne en cuanto cogió el teléfono, ahorrándose saludos intermedios.

—¿De qué? —dijo Eduardo, un poco titubeante.

—¡De qué va a ser! ¡De lo que ha pasado en mi facultad! ¡Han entrado por la iglesia, han abierto la tumba de Bécquer y se lo han llevado!

—Vaya...

—¡¿No te parece increíble?!

—Y tanto...

—Me han llegado mil mensajes. Está todo el mundo revolucionado. ¿Te acuerdas de lo que hablamos aquel día? Es increíble que haya pasado esto. ¡Increíble!

—Y... ¿han dicho algo de quién ha podido ser?

—Nada. Da igual. Ya nos enteraremos. Es alucinante que haya pasado algo así en Sevilla. Esta ciudad necesitaba un meneo y esto es tremendo. Una locura. Arte puro. Poesía en movimiento. Los poetas dejan sus tumbas y salen a recorrer la ciudad. ¡Ya era hora de que pasara algo emocionante!

A Eduardo le recorrió un escalofrío. El entusiasmo de Dafne desbordaba sus expectativas. Sintió deseos de confesarlo ya, pero se contuvo: su plan era no desvelarlo hasta haber cumplido con el objetivo final. Jugar con la incertidumbre, mantener esa discreción de los héroes enmascarados. Ser un poco El Zorro, un poco Spider-Man, un poco Superman: sereno, discreto, tranquilo; alguien que no levanta sospechas mientras hace el bien.

Siguió hablando con Dafne, pero casi no la escuchaba. Oía violines, trompetas, campanas, música celestial. Incluso cuando colgó el teléfono seguía en una nube de la que, una vez más, tuvo que acudir Óscar a rescatarle.

—Prepárate. En cuanto mis padres cierren la tienda, vamos al almacén, coges al poeta y te lo llevas al coche.

—Creo que hemos triunfado —murmuró Eduardo, todavía abducido.

—¿Qué quieres decir, que ya han hablado de nosotros en la tele?

—No, que a Dafne le ha encantado.

—¿Y qué gano yo con eso?

—Mi eterna gratitud.

—¡Déjate de eternidades que me viene a la cabeza el muerto y me pongo malo!

Eduardo parecía inmune a las quejas de su amigo. Simplemente habitaba en otra dimensión desconocida para Óscar, un lugar donde el tiempo y el espacio se reducían a cinco letras: Dafne.

También Óscar pensaba en términos de cinco letras: miedo, pavor, susto, prisa. No había un minuto que perder. En cuanto se acercó la hora adecuada, urgió a su amigo para cumplir con el plan previsto. Y así lo hicieron. Se dirigieron al almacén de los padres de Óscar, comprobaron que nadie los observaba y penetraron en busca de lo que habían dejado de madrugada.

Nada más entrar, Óscar notó algo que no le gustó. Apreció de inmediato que alguno de sus progenitores había estado allí, que las cajas entre las que habían escondido los restos de Bécquer habían sido removidas.

Antes de hacer cualquier comprobación, Óscar comenzó a sentir palpitaciones, pero prefirió no decirle nada a su amigo. Empezó a bajar cajas y enseguida dio con la que recordaba haber utilizado para meter una de las bolsas.

Contuvo la respiración, la abrió con cuidado, removió las espadas de plástico y lo que vio le produjo una mezcla de alivio y de repulsión: la bolsa con los huesos de Bécquer seguía allí. La sacó con mucho cuidado y se la pasó a Eduardo. Después siguió moviendo cajas, abriendo algunas de ellas y apurándose cada vez más cuando, después de echar un vistazo, la otra bolsa no aparecía. De hecho estaba convencido de que la caja en la que habían metido el cráneo del poeta no era ninguna de las que seguían en aquel rincón.

Se lo comentó a Eduardo. Su amigo le dijo que no se preocupara, que su padre o su madre la habrían movido de sitio, pero que no podía estar muy lejos. Óscar quería pensar lo mismo, pero según iba recorriendo el almacén y abría cajas y más cajas, una sospecha crecía en su interior.

—Como se la hayan llevado... Sudaba.

Óscar sudaba y no era de calor. Era pánico.

Eduardo intentó tranquilizarle, pero no había manera. La única forma de salir de dudas era echándole valor y tanteando a sus padres. Óscar marcó el número de su padre y el teléfono le contestó que estaba apagado o fuera de cobertura. Entonces llamó a su madre. Ella sí lo cogió. Tuvo que aguantar el interrogatorio habitual de una madre, sobre lo que había hecho en las últimas horas y lo que pensaba hacer en las siguientes, antes de poder meter baza y preguntar lo que él quería.

—¿Sabes dónde está papá? Le he llamado al móvil y me sale sin cobertura.

—Tu padre va a estar fuera un par de semanas. Acuérdate que empieza la temporada de ferias y tiene que recorrer unas cuantas.

—¡¿Qué dices?! ¿Y adónde ha ido?

—Pues ha cargado la furgoneta y ahora debe de estar camino de Tomelloso.

Óscar fue incapaz de justificar a su madre el porqué de ese empeño en hablar con su padre. Ya no le salía una sola frase coherente. Sólo podía pensar que en ese momento su padre iría conduciendo la furgoneta, seguramente cantando como solía hacer, siguiendo las canciones de la radio, sin saber que esta vez no viajaba solo, que le acompañaba la ilustre calavera de Gustavo Adolfo Bécquer.

En cuanto Leo Rivas se enteró de lo que había pasado en Sevilla, movilizó a todo su equipo, preparó una bolsa con lo imprescindible, marchó a la estación y cogió el primer AVE con dirección a la capital andaluza. Mientras daba todos esos pasos, no dejó ni un momento de hablar por teléfono. Las instrucciones que repartía eran tajantes: todo lo que habían preparado durante la semana para el programa quedaba en suspenso; a partir de ese momento había que centrarse en producir un programa especial en torno al poeta romántico.

—Lo titularemos «El enigma Bécquer» —dijo Leo a una de las productoras de su programa—, así que ya me estáis buscando todo lo que sepamos de él.

—Yo recuerdo que su cara salía en los billetes de cien pesetas.

—Claro, bonita, y yo también. Pero te recuerdo que *Ultramundo* no es un programa de economía, así que con eso no hacemos nada. Necesitamos algo potente con misterio detrás, y rapidito que vamos justos de tiempo.

Leo pensó que se jugaba el prestigio de su programa, el más seguido por todos los amantes del más allá. A él no se le podía escapar un muerto tan ilustre. *Ultramundo* era el programa que más sabía de sepulturas, de féretros, de momias, de huesos. Como a Leo le gustaba decir, «en *Ultramundo* se trabaja a tumba abierta».

Mientras Leo viajaba en el tren, el alcalde de Sevilla se reunía con varios concejales y un nutrido grupo de asesores. Había que preparar la comparecencia ante los medios de comunicación, redactar una nota, diseñar las líneas maestras del mensaje que se iba a transmitir a los ciudadanos.

—Hay que decir que robarnos a Bécquer es como robar el alma de Sevilla —apuntaba uno de los asesores.

—Yo más bien diría que nos han robado el corazón —señalaba otro asesor.

—Pues menos mal que Bécquer ya no sale en los billetes, porque si no tendríamos que decir que nos han robado la cartera.

Ese comentario del concejal de Hacienda no gustó a nadie. El alcalde pidió un poco de seriedad. Entonces intervino el concejal de Turismo.

—Yo lo que digo es que, a grandes males, grandes remedios. Ahora que nos han robado a Bécquer, no sólo debemos exigir que aparezca, además podemos aprovechar para pedir que nos devuelvan a Machado.

—¿Y eso no sería distraernos del objetivo principal? —preguntó el alcalde.

—Hay que aprovechar la publicidad del caso para promocionarnos —insistió el concejal—. Ya que va a hablarse de Bécquer, aprovechemos para recordar que Machado también era de Sevilla. Por ahí te encuentras mucha gente que se cree que era soriano.

—Pero hombre, si escribió aquello de «Mi infancia son recuerdos de un patio de Sevilla» —señaló otro de los asesores.

—Unos versos muy evocadores si no fuera porque todo el mundo se acuerda más de «Camino Soria».

—¡Eso no lo escribió Machado!

—Y qué, pero lo nombran.

—También nombran a Bécquer en esa canción.

—Pero Bécquer tenía aspecto de bohemio, no de castellano viejo como Machado. Eso confunde mucho a la gente.

—Entonces, ¿qué? —preguntó el alcalde—. ¿Exijo que nos devuelvan el alma de Bécquer y el corazón de Machado?

—Algo así. Y de paso lanzamos una campaña de promoción con el eslogan «Sevilla, la ciudad de los poetas». En el fondo, cuanto más dure esto, más publicidad.

Algo parecido debía de pensar el comisario jefe de la policía de Sevilla, porque a esa misma hora, y no muy lejos del ayuntamiento, tomaba una decisión que no parecía motivada por las prisas para resolver el caso.

—Vamos a encargarle la investigación a Ruiz —dijo ante la sorpresa de los subordinados que le rodeaban—. Hay que darle una oportunidad de gloria antes de que se jubile.

El inspector Julio Ruiz era uno de los investigadores más veteranos de la policía sevillana, pero no podía decirse que su expediente estuviera plagado de éxitos. El suyo era un currículum normal, tirando a flojo. Siempre ocupado en casos muy secundarios, los inspectores más jóvenes que él le habían ido adelantando con trabajos más brillantes y Ruiz se había acostumbrado a su papel de segundón. De ahí la sorpresa de los presentes ante la decisión del comisario.

—Pero, jefe —se atrevió a objetar uno de ellos—, Ruiz está un poco mayor para un caso de esta relevancia.

—¿Un poco mayor para qué? ¿Para buscar unos huesos? Yo creo que está mayor para el narcotráfico, para el terrorismo, para la corrupción, para el crimen organizado y para los mil líos diarios que tenemos aquí. Para eso sí que hace falta tener reflejos, no para buscar un puñado de huesos.

El argumento del comisario parecía tan incontestable que todo el mundo calló, y quién más, quién menos, empezó a preguntarse si a Ruiz le brindaban una oportunidad de gloria antes de jubilarse o una pesada cadena que aún colgaría de su cuello más allá de la edad de retirarse.

A la madre de Óscar le extrañó ese viaje repentino de su hijo; y también a Dafne la rápida escapada de su novio. Quienes no se inmutaron fueron los padres de Eduardo: simplemente no los avisó. Como estaban en el pueblo, no tuvo necesidad de probar con ellos la mentira que contó a su chica.

—Nos ha surgido la oportunidad de visitar algunas instalaciones deportivas de última generación. Ha sido por el profesor de Deporte

Escolar. Nos van a enseñar lo último en tecnología para este tipo de actividad.

—¿Dónde?

—En los alrededores de Madrid. Parla, Alcobendas, sitios así.

Óscar contó lo mismo: que iban unos pocos, que estarían unos días por ahí, que el profesor de Deporte Escolar era un tío muy majo y que esa asignatura era importante porque, al fin y al cabo, lo más seguro sería que acabase dando clases en algún colegio.

Luego, en el coche, los dos se preguntaban si sus mentiras habrían sido convincentes.

—Dafne se ha extrañado un poco —confesó Eduardo.

—Pues mi madre no te digo... —admitió Óscar—. Pero peor ha sido lo de mi hermana. Está furiosa porque la dejo sola para ayudar a mi madre en la tienda.

—Tampoco son días de mucho trabajo.

—Sí, pero a mi madre le gusta tener compañía, y te recuerdo que mi padre está fuera.

—No hace falta que me lo recuerdes; no dejo de pensar en él.

—Pues yo no dejo de pensar en lo que llevamos ahí detrás —dijo Óscar señalando hacia el maletero.

Los huesos del poeta viajaban en una mochila, pero seguían dentro de la bolsa de basura. Eduardo había incumplido su propósito de buscarles un envoltorio más digno. Eso era lo que menos le importaba ahora. Tenía otras prioridades, y todas pasaban por completar el lote con la pieza que faltaba. Por eso conducía con los cinco sentidos puestos en llegar a Tomelloso cuanto antes. Por eso devoraba kilómetros sin mostrar ninguna apariencia de cansancio.

—¿Quieres que conduzca yo un rato? —le preguntó Óscar cuando pasaron el puerto de Despeñaperros.

—No estoy cansado. Ya te diré cuando lleguemos a Valdepeñas.

Pero pasaron Valdepeñas y Eduardo siguió al volante. También conducía cuando pasaron Manzanares y tomaron el desvío hacia Argamasilla de Alba. Y seguía haciéndolo pocos kilómetros después, al llegar por fin a Tomelloso.

Nada más entrar en la localidad, se toparon con media docena de «quijotes». Habían visto unos cuantos desde que transitaban por carreteras de La Mancha, pero así como los anteriores eran esculturas o dibujos, reclamos turísticos y publicitarios que invitaban a los conductores a parar en alguna localidad o consumir algún producto, en este caso eran de carne y hueso. Hombres de distintas edades vestidos a la manera de don Quijote, compartiendo la calle y la conversación con otros muchos que vestían como Sancho Panza, con mujeres a la usanza de Dulcinea del Toboso y otras que podían pasar por duquesas, por doncellas o por taberneras, y con individuos de negro que calcaban en sus vestimentas la imagen de Miguel de Cervantes.

Habrían pensado que habían vuelto cuatrocientos años atrás de no ser porque muchas de aquellas personas fumaban, hablaban por el móvil o sujetaban en sus manos una lata de cerveza, y porque en las paredes se veían carteles anunciando el Gran Festival Cervantino de Tomelloso.

—Parece carnaval —dijo Óscar.

—Pues habrá que disfrazarse.

—¿Disfrazarse? ¿De qué?

—No sé. De algo que nos permita llegar hasta tu padre y recuperar la calavera sin que nos reconozca.

Hasta entonces no habían calculado cuál sería la estrategia para recuperar el cráneo del poeta. Simplemente se dejaban llevar. Pero ahora se enfrentaban al momento crítico, y ninguno de los dos tenía claro cómo hacerlo.

—Quizá si te presentas a tu padre y le dices que has olvidado algo en la furgoneta... —sugirió Eduardo.

—¿Tú estás loco? —reaccionó Óscar—. ¿Te crees que mi padre es tonto? ¡¿No ves que va a alucinar si me encuentra por aquí?!

—Sí, ya me imaginaba. Entonces no habrá más remedio que camuflarse.

Era la mejor manera de pasar inadvertidos, así que preguntaron dónde podían hacerse con ropas de época. Una hora después, Eduardo caminaba por las calles de Tomelloso vestido de algo parecido a Cervantes y Óscar iba de su mano, disfrazado de dama enlutada, con un velo que le cubría la cabeza y la cara.

—Esto no te lo perdono —murmuraba Óscar bajo su disfraz.

—Venga, aguanta, que sólo es un rato. Ten en cuenta que así no hay manera de que tu padre te reconozca. Conmigo no hay problema porque no me ha visto nunca.

—Pero ha oído hablar de ti.

—Ya, pero no se reconoce a nadie de oídas.

—A mí sí que me reconocerá si me escucha; por mucho velo que lleve encima.

—Tú no hables, que de eso ya me encargo yo.

Eduardo se adjudicó el papel de portavoz y fue preguntando a la gente para llegar al lugar donde se ubicaban los feriantes. Allí, tras un corto paseo, no tardaron en descubrir al padre de Óscar. Tenía su tenderete junto a otros que vendían cerámicas, bisutería, pañuelos, camisetas, aperitivos, quesos de La Mancha, vino de Valdepeñas, berenjenas de Almagro, aceitunas y cien cosas más. El padre de Óscar ofrecía una mezcla de complementos cervantinos con el repertorio clásico para una noche de Halloween, que era lo que más compraban los chavales en cualquier época del año. Lo mismo vendía un yelmo de don Quijote en plástico duro de la mejor calidad que un sombrero de bruja hecho en fieltro de usar y tirar.

Óscar observó a su padre desde detrás del velo que le cubría la cara y, al fondo, por detrás de donde estaban la noria y los autos de choque, vio aparcadas muchas furgonetas y distinguió la que más le interesaba.

—Tú quédate vigilando a mi padre —le dijo a Eduardo—. A ver si puedo abrir la furgoneta con el destornillador. Si ves que hace ademán de ir hacia allá, llama su atención con la excusa de comprarle algo. Tienes que entretenerle como sea.

—Descuida que le vigilo. Y no sabes cómo te lo agradezco. Hay cosas que sólo se pueden hacer por amor y cosas que sólo se hacen por amistad, y tú me estás dando una auténtica lección de amistad.

—Pues tú me estás dando una auténtica lección de trastorno mental.

—¿Qué sería la vida si no cometiéramos pequeñas locuras?

—Tú antes no hablabas así. Tú estás poseído.

—A lo mejor se me ha metido Bécquer en el cuerpo.

—Calla, que esas cosas traen mala suerte.

—«¿Qué es poesía?, dices mientras clavas / en mi pupila tu pupila azul...».

—Te recuerdo que vas vestido de Cervantes.

—«¿Y tú me lo preguntas? Poesía eres tú».

—¡Déjate de poesía y vigila a mi padre!

¡Poesía eres tú, poesía eres tú! ¡Cuando me quite este burka, ya hablaremos!

«El romanticismo perjudica seriamente la salud», pensó Óscar mientras se dirigía hacia la furgoneta de su padre. En el bolsillo del pantalón, debajo de aquellas sayas de mujer, llevaba un pequeño destornillador con el que esperaba forzar la cerradura sin llegar a romperla. «Sólo falta que le haga un estropicio a mi padre», pensó mientras se aproximaba a la furgoneta y decidía qué puerta atacar. Y en eso estaba, buscando el mejor ángulo, rodeando el vehículo, merodeando entre los otros aparcados allí, cuando de repente apareció un joven policía municipal.

—¿Algún problema, señora?

A Óscar le dio un vuelco el corazón.

—¿Eh? No, no, no...

—Perdón, ¿cómo ha dicho?

—Que nada, que ningún problema.

El policía se quedó sorprendido: la voz que salía de debajo del velo no era la de una mujer.

—Haga el favor de levantarse el velo.

Óscar obedeció.

—¡Usted es un hombre!

—Pues sí, pero es la ropa que he encontrado para la ocasión.

—¡Esto es una recreación histórica! ¡Esto no es una fiesta de disfraces! ¿Qué pretende ocultar?

—Nada, de verdad; nada de nada.

—¡Documentación!

—Me la he dejado en el coche.

—O sea, que además de esconderse no lleva la documentación encima. Usted me va a acompañar ahora mismo al cuartelillo.

De nada sirvió que Óscar suplicara en sentido contrario; que empezara a quitarse las ropas de mujer y se brindara a llevarle hasta el coche y enseñarle el DNI; el policía fue implacable. Más aún cuando le obligó a ponerse de espaldas y al cachearle descubrió que llevaba encima un destornillador.

—¡Y además va armado!

—Oiga, que sólo es un destornillador.

—Claro, y ahora va a decirme que en el *Quijote* todo el mundo lleva un destornillador encima. Esto es muy sospechoso. ¡Venga! ¡Camine, que tiene que darnos muchas explicaciones!

Ni siquiera tuvo oportunidad de avisar a Eduardo de lo que pasaba. Sus protestas no sirvieron de nada. El policía incluso se quedó con su móvil mientras le conminaba a caminar delante de él hasta el coche donde le esperaba otro agente; vehículo en el que Óscar fue introducido con firmeza, sin contemplaciones, como si se tratara del más peligroso de los galeotes escapados de las páginas del *Quijote*.

El inspector Ruiz estaba abrumado: cada diez minutos, más o menos, llegaba una nueva reivindicación del robo a algún medio de comunicación. Desde periódicos, radios y televisiones de toda España se ponían en contacto con la policía sevillana para informar de una llamada telefónica, un correo electrónico o una carta en donde grupos de lo más variado decían tener en su poder los restos de Bécquer.

El inspector los apuntaba en una lista que no paraba de crecer. Allí figuraban el Frente Becqueriano de Liberación, los Hijos de las Flores, el Capitán Espronceda, el Club de los Poetas Muertos, Zorrillas del Mundo, Poetas sin Mordazas, el Comando Lord Byron, las Oscuras Golondrinas Asesinas, el Rimador Vengativo, Harry Potter y los Magos de Oz, las Brujas Bastardas de Bécquer, el Gnomo

Mono, los Destripatumbas, los Zombis del Apocalipsis, un sinfín de nombres que se incrementaba a cada instante.

También aumentaba el número de videntes, médiums y telépatas de todo el país que llamaban a la policía para ofrecer sus servicios en la búsqueda del poeta. Lo que no crecían eran las pistas sobre la desaparición. El inspector Ruiz repasó el informe de la primera inspección y siguió encontrándolo desolador: ni una sola huella, ni un solo dato esclarecedor. Nada a lo que agarrarse. Sólo unas llaves que habían aparecido en el suelo y que tanto podían ser de los autores del robo como, más probablemente, de cualquier feligrés que las hubiera perdido en misa.

Pensó que quizá le sentaría bien darse una vuelta por el escenario de los hechos y, antes de volver a casa, aprovechando que le caía cerca, pasó por la iglesia de la Anunciación. Allí se encontró con el párroco, a quien preguntó si había alguna novedad.

—Eso tendrán que decirlo ustedes —contestó el sacerdote.

—Me refería a si alguien se ha acercado para darle alguna pista.

—Bueno, ha habido un par de personas que me han pedido confesión y durante el sacramento se han culpabilizado de haberlo hecho.

—¡Pero ¿qué me está diciendo?! ¿Quiénes son? ¿Dónde están?

—En primer lugar, no se lo podría decir porque lo hicieron bajo el secreto de confesión, y en segundo lugar, uno era un chaval que no tendría trece años y la otra, una mujer que debe de rondar los noventa, así que en realidad tendrían que confesarse por ser unos mentirosos.

—O sea, que no les da credibilidad...

—Ninguna. No obstante, les mandé rezar cien padrenuestros y quinientos avemarías por venirme con esos cuentos. El chaval no sé, pero la anciana todavía debe de estar rezando.

El inspector no insistió. No quiso molestar, no fuera a ponerle también a él una severa penitencia. Prefirió retirarse a casa, adonde llegó un poco triste. Se veía superado por la responsabilidad que le había caído encima, aunque el comisario le había insistido en que no se agobiara, que después de todo no estaba en juego la vida de nadie.

—Sólo son unos huesos, Ruiz —le dijo su jefe—, y de un poeta. Vamos, que si fueran de un dinosaurio, aún tendrían algún valor. Porque usted habrá visto expuestos muchos huesos de dinosaurio, pero dígame en qué museo cobran entrada por ver los huesos de un poeta. O sea, que no sufra mucho. Relájese, que en esta ocasión la víctima no puede padecer ningún daño.

Pero Ruiz no podía relajarse. Por eso llegó a casa sin poder ocultar su preocupación, algo que su mujer adivinó enseguida y se apresuró a mitigar, consolando a su marido con toda la energía que a ella le sobraba.

—No te preocupes, cariño, que yo ahora tengo mucho tiempo libre y te voy a ayudar a encontrar esos restos —dijo desde la tranquilidad de quien ya tenía los hijos emancipados y disfrutaba de una plácida prejubilación—. ¡Ya verás qué buen equipo hacemos! ¡Como me llamo Carmen que a ese poeta lo encontramos aunque se esconda en el mismísimo infierno!

El inspector Ruiz tenía por costumbre no discutir, y mucho menos en casa, así que no dijo nada. Se limitó a asentir y a preguntar qué había para cenar. Su mujer le dijo que prepararía algo contundente.

—Porque te estás quedando en los huesos —añadió, tan animosa como siempre.

El inspector quiso sonreír, pero se lo impidió el escalofrío que recorría su cuerpo.

Eduardo no fue consciente del momento en que perdía de vista a Óscar. Estaba tan pendiente de vigilar al padre que no se fijó nada en la zona del aparcamiento. Sólo al cabo de un largo rato, cuando se inquietó por la demora, miró hacia allá y no vio el menor rastro de su amigo. Se extrañó. Intentó contactar con él por teléfono, pero el móvil de Óscar anunció que estaba apagado o fuera de cobertura. Entonces decidió dejar de controlar al padre y salir en busca del hijo, pero eso tampoco dio ningún resultado. No lo encontró en torno a la furgoneta, ni tampoco observó en el vehículo el más mínimo atisbo de algo abierto por donde colarse. Ningún rastro de una ventanilla rota o una cerradura forzada. Todo en su sitio y nadie alrededor.

«Me ha abandonado», pensó Eduardo, y a continuación rememoró unos versos de Bécquer: «¡Dios mío, qué solos / se quedan los muertos!». Se encontraba bien de salud, pero así fue como se sintió: como un cadáver abandonado.

Tuvo un momento de debilidad. Notó que sus fuerzas flaqueaban. Pensó que se había embarcado en una empresa demasiado ambiciosa para triunfar en solitario, y, por otra parte, era normal que su amigo renunciara a seguirle en aquella aventura, pues no tenía, como él, un amor que encendiera la llama. Tal vez era el momento de rendirse. Lo hablaría con Dafne. Quizá era el momento de confesárselo todo.

Dafne respondió a la llamada con celeridad y con entusiasmo.

—¿Dónde estás?

—En Madrid —mintió Eduardo.

—Supongo que, aparte de polideportivos, te dará tiempo a visitar algo.

—No sé. Tienen que enseñarnos un montón de cosas.

—Pues cuando puedas, te escapas un rato y visitas el Museo Romántico.

—No sabía que hubiera un Museo Romántico.

—Pues lo hay, claro que lo hay. Entras en él y es como viajar en el tiempo. Una isla de paz en medio de la gran ciudad. Te encantará.

—Vale, lo intentaré. ¿Y tú qué haces?

—Pinto y leo.

—Ah, bien... Te quería decir una cosa...

—Espera; escucha lo que estaba leyendo justo cuando me has llamado: «Dos ideas que a la par brotan, / dos besos que a un tiempo estallan, / dos ecos que se confunden, / eso son nuestras almas».

Eduardo sintió que le temblaban las piernas, que se iba a desmayar, o quizá que se desprendería del suelo y empezaría a flotar en un instante. Sonaban tan dulces aquellos versos que todo su cuerpo se estremecía.

—Son de Bécquer, ¿verdad?

—Claro; ¿y tú qué querías decirme?

—No, nada... Que pienso en ti todo el rato.

Eduardo cambió de opinión sobre la marcha. Le pareció que aquel poema, en la voz de Dafne, era como si una fuerza más allá de lo humano le ordenara seguir adelante. Llegar hasta el final. Darlo todo por ella.

Renunció a revelar su secreto. Cambió la confesión por algunas palabras tiernas. Como caricias en la distancia. Sólo cuando se despidieron fue consciente otra vez de cómo y dónde estaba: en Tomelloso, vestido de Cervantes y sin su fiel escudero. Y aquello volvió a preocuparle.

Óscar estaba mucho más preocupado porque las cosas se torcían a cada minuto. El policía no sólo le retuvo y le apagó el teléfono, además no paró de hacerle preguntas mientras le conducía al cuartelillo. Le interrogó sobre narcotráfico, blanqueo de dinero, secuestro de niños, tráfico de armas, terrorismo internacional, corrupción urbanística, espionaje industrial...

—Sólo soy un turista —se defendió Óscar.

—¿A quién pretende engañar? —contraatacó el municipal—. A Tomelloso no vienen turistas, y si vinieran no necesitarían esconderse debajo de un velo.

El policía juró que descubriría su engaño y Óscar pensó que estaba soñando, que todo era una pesadilla, que en algún momento despertaría en Sevilla y todo habría vuelto a la normalidad. Bécquer estaría en su tumba y Eduardo, en clase con él. Quizá su amigo ni siquiera tuviera novia. Tal vez era una pesadilla con formato de largometraje y visión en tres dimensiones. Una película muy larga que se proyectaba únicamente en su cabeza. Aunque, instantes después, el cuartelillo de la policía de Tomelloso le pareció muy real, y más auténtico aun el calabozo donde lo encerraron a la espera, según le dijeron, de que llegara el jefe. Pero el jefe no llegó.

La tarde dio paso a la noche sin que el responsable de la Policía Local de Tomelloso apareciera por allí. Mientras Eduardo preguntaba por su amigo en los centros médicos y en el cuartel de la Guardia Civil, Óscar se desesperaba intentando que el policía que le había detenido le dejase llamar por teléfono.

—Al menos tengo derecho a hablar con un abogado —imploraba.

—No durante unas horas, mientras le aplicamos la legislación antiterrorista. El mundo está muy revuelto y no es cuestión de dejarse engañar.

Cualquier intento de razonar con aquel tipo era agotador, así que al final se rindió, se dejó caer en la colchoneta del calabozo y se resignó a pasar una noche incómoda y larga.

A Leo Rivas le dio un subidón cuando un miembro de su equipo le informó de las circunstancias que envolvían la muerte de Gustavo Adolfo Bécquer:

—El mismo día en que murió se produjo un eclipse de sol.

—¡¿En serio?!

—Totalmente en serio. El 22 de diciembre de 1870. Fue un eclipse parcial en gran parte de España, pero ¿sabes dónde fue eclipse total?

—¿Dónde?

—En el sur. ¡En Sevilla!

—Hay que trabajar a fondo sobre este asunto. ¿Algún detalle más?

—También está el tema de la edad: al morir tenía casi la misma que Jesucristo, en concreto un año más.

—¿Treinta y cuatro?

—Eso es.

—Bueno, a lo mejor se puede ajustar a la baja. Miraremos eso también. Pasadle la información al equipo de colaboradores y que empiecen a trabajar. Quiero imágenes de eclipses y mucha iconografía de Bécquer, sobre todo las imágenes en las que tenga un aire más místico. Y algunos versos estremecedores para el comienzo. ¡Haremos un programa memorable!

Y lo hicieron. A juzgar por los resultados de audiencia, «El enigma Bécquer» fue el mayor éxito hasta el momento de *Ultramundo*. Leo Rivas apareció completamente de negro, sobre un fondo de tumbas y panteones, con un libro en la mano, leyendo unos versos de Bécquer:

—«La piqueta al hombro / el sepulturero, / cantando entre dientes, / se perdió a lo lejos. / La noche se entraba, / el sol se había puesto: / perdido en las sombras, / yo pensé un momento: / *¡Dios mío, qué solos / se quedan los muertos!*».

A continuación, Leo levantó la vista del libro, miró fijamente a la cámara y permaneció unos segundos en silencio antes de hablar con su tono más inquietante.

—Señoras, señores... ¿Dónde está el autor de estos versos? O mejor dicho: ¿quién era en realidad el hombre que escribía sobre los muertos como si fuera uno de ellos? Ustedes me dirán: Gustavo Adolfo Bécquer, el poeta romántico. Sí, eso dicen los libros. Pero ¿qué clase de ser se escondía detrás de ese nombre? ¿Era un hombre normal o albergaba secretos inconfesables? ¿Sabían ustedes que los cielos se oscurecieron el día de su muerte? ¿Sabían que murió a la misma edad que Cristo? Sí, señores, sí, a la misma edad que Cristo, aunque nos lo han querido ocultar durante casi dos siglos porque alguien manipuló los datos para escondernos ese detalle. Pero en *Ultramundo* hemos sabido eso y más que les contaremos si se quedan esta noche con nosotros y nos ayudan a resolver «El enigma Bécquer».

Nadie se movió de su sitio. Los miles de espectadores que estaban conectados se quedaron pegados a la pantalla, sin parpadear. Aguantaron pacientemente una buena dosis de publicidad y luego fueron siguiendo las entrevistas de Leo Rivas.

Mientras alternaba imágenes del poeta con otras fantasmagóricas llenas de sombras y de espectros, Leo habló con un astrólogo que detalló la confluencia planetaria coincidente con la muerte de Bécquer y afirmó con rotundidad que el eclipse de aquella jornada había ensombrecido Belén antes de ensombrecer

Sevilla. Después, un especialista en aritmosofía, la ciencia sagrada de los números, desmenuzó las fechas más importantes en la vida del poeta para llegar a la conclusión de que se habían manipulado los datos sobre su edad y que ésta, a su muerte, era de treinta y tres años, como Cristo, y no de treinta y cuatro, como se había hecho creer hasta ahora por oscuros intereses. A continuación, Leo entrevistó a un especialista en soteriología, ciencia que estudia la salvación de los hombres por la intervención divina, y ese hombre habló de la existencia de más enviados del cielo de los que admitían las principales religiones.

—Cada cierto tiempo nos visita uno —dijo el soteriólogo, palabra que ni uno solo de los televidentes consiguió aprenderse—. Vienen a nosotros desde el más allá, dan ejemplo con sus actos, pero suelen ser incomprendidos en vida y su semilla no fructifica hasta después de su muerte.

En ese momento, Leo recordó que la obra de Bécquer apenas había logrado alguna repercusión en vida, que el mensaje de sus versos se había difundido a lo grande después de su muerte.

—Como el Evangelio —dijo Leo ahuecando la voz—. Sí, señoras y señores, como el Evangelio.

Hasta ese momento, el párroco de la Anunciación seguía el programa profundamente conmovido, sin cesar de repetirse: «Si ya decía yo que era la viva imagen de Cristo», pero justo ahí intervino otro de los invitados de Leo Rivas, un especialista en las interioridades de la Iglesia católica, y cuando aquel hombre empezó a culpar a los servicios secretos del Vaticano de haber urdido un complot para ocultar las similitudes entre Bécquer y Cristo, el párroco se levantó indignado y apagó el televisor.

—¡Hasta ahí podíamos llegar! —exclamó exasperado—. ¡Sólo me falta que comparen al papa con James Bond!

Óscar durmió mal. Unos ratos de sueño y otros en duermevela, exactamente igual que le pasaba a Eduardo tumbado en el asiento trasero de su coche. Para los dos fueron horas largas, difíciles, sin saber el uno del otro. El que durmió como un tronco esa noche fue el padre de Óscar, ajeno por completo a lo que se cocía a su alrededor. Por la mañana fue el único que amaneció descansado. Mucho más que su hijo, que se sentía incómodo y sucio tras pasar la noche vestido y en aquel lugar. Por suerte para él, el jefe resultó ser madrugador.

Cuando el responsable de la policía de Tomelloso se presentó en el cuartelillo y le informaron de que había un detenido, escuchó las razones por las que había sido trasladado allí, soportó con paciencia las conjeturas sobre conspiraciones internacionales que le contó su subordinado e inmediatamente después dio la orden de que le soltaran.

—Pero jefe... —intentó oponerse el agente que lo había detenido.

—¡Te he dicho que lo sueltes!

Y así se hizo. Óscar no comprendía nada, y menos aún las razones que le dio el jefe de la Policía Local cuando, antes de dejarle en libertad, habló con él en su despacho.

—Mira, majo, lo mejor es que te vayas a casa y que olvidemos este incidente. Has tenido la mala suerte de que te pillara un agente con el síndrome de Plinio.

—¿El síndrome de Plinio? ¿Qué es eso? —preguntó Óscar.

—Una enfermedad que afecta periódicamente a mis muchachos. Consiste en que todos quieren emular las andanzas de un policía de leyenda que se llamaba así, Plinio, el policía más legendario de Tomelloso. Vamos, que en lugar de dedicarse a poner multas, que es lo que tenían que hacer, se empeñan en descubrir grandes casos.

—Un poco raro, ¿no?

—En La Mancha, no tanto. Don Quijote veía gigantes donde había molinos y éstos ven a uno bebiendo vodka y piensan que es un espía ruso. Como no paran de leer novelas policíacas, ven sospechosos por todos los lados. Es lo que tiene la lectura, que vuelve loca a la gente.

Óscar no quiso preguntar más. Aceptó las disculpas, entre otras cosas porque dada su situación no le convenía protestar, recuperó el teléfono y salió de allí tan rápido como pudo.

Lo primero que hizo al verse en la calle fue encender el móvil y comprobar que lo tenía lleno de mensajes. Todos eran de Eduardo. Los primeros eran escuetos, preguntaba dónde se había metido y suplicaba que contactara con él. Después estaban los mensajes de preocupación, en los que quería saber si le había ocurrido algo. Finalmente había un largo mensaje de rendición: Eduardo había llegado a la conclusión de que su amigo le había abandonado, de que había decidido retirarse de aquella aventura, y enviaba un mensaje largo y triste pero comprensivo: «Acepto que no quieras seguirme. Has hecho por mí más de lo que se le puede pedir a un amigo. Siempre te estaré agradecido...», así todo.

Óscar se conmovió con aquellas palabras. Sólo el esfuerzo de teclear tanto y tan cuidadosamente en el móvil ya era digno de admiración. «Está tonto, pero no puedo dejarle en la estacada», pensó Óscar. En el fondo, a él también le podía el corazón. Seguía enfadado con Eduardo, pero al mismo tiempo sentía la necesidad de protegerle, de no dejarle solo en su locura amorosa porque entonces podía ser mucho peor. Se sentía en la obligación de velar por su amigo mientras durase aquel trance. Albergaba la esperanza de que fuera un trastorno mental transitorio, algo que podía esfumarse en cualquier momento, quizá cuando se cruzara otra chica en el camino de Eduardo, pero mientras aquello durara, tenía que cuidar de él. Respiró profundamente, se propuso borrar de sus pensamientos la noche pasada, hizo acopio de serenidad y llamó a su amigo.

—¡Óscar, tío, qué alegría! —exclamó Eduardo al otro lado—. ¿Estás bien? ¿Te ha pasado algo?

—Tranquilo, estoy bien.

—¿Has vuelto a Sevilla?

—No. Estoy en Tomelloso.

—¿En Tomelloso? ¿Dónde? ¿Te busqué por todos los lados?

—¿Preguntaste a la policía?

—Pregunté a la Guardia Civil.

—Pues me tenían detenido los municipales.

—¿Detenido? ¿Por qué? ¿Qué has hecho?

—Nada. Ya te contaré. ¿Dónde estás?

—En el coche. En el mismo sitio donde lo aparcamos ayer.

—Espérame ahí que llego enseguida.

Cuando Eduardo le vio venir, corrió hacia él y le dio un abrazo. Óscar no le correspondió con el mismo entusiasmo, en parte por hacerse el ofendido y en parte porque tenía las manos ocupadas con el disfraz que llevaba la tarde anterior.

—¿Qué te ha pasado? ¡Cuéntame!

—Esto tiene la culpa —dijo señalando los ropajes de dama.

—¿Te detuvieron por ir disfrazado de mujer?

—Más o menos.

—Vaya, espero que no organicen por aquí un concurso de *drag queens*.

Óscar le aclaró que no había sido exactamente por travestirse, pero que probablemente las consecuencias habrían sido menos graves de haber ido vestido de Sancho Panza. En cualquier caso, lo que quería era devolver cuanto antes aquellos ropajes en el sitio donde los habían alquilado y marcharse de allí lo más pronto posible.

—Pero no podemos irnos sin resolver antes lo de tu padre —objetó Eduardo.

—Pues ya podemos pensar en otro plan que no sea reventarle la furgoneta, porque ni tengo el destornillador ni tengo ganas.

Eduardo estuvo de acuerdo en que convenía elaborar una alternativa, así que se fueron a desayunar tranquilamente, y luego a devolver los disfraces, y luego a dar un paseo por un parque, y luego a otro bar, y luego al coche a ver si seguían allí los huesos del poeta. Así se les fue la mañana, de aquí para allá dándole vueltas a la cabeza, sin que se les ocurriera una forma clara de recuperar discretamente el cráneo de Bécquer. Entonces decidieron acercarse otra vez al espacio ocupado por los tenderetes de los feriantes y al llegar allí se encontraron con una enorme sorpresa: el padre de Óscar y su furgoneta habían desaparecido del lugar.

La policía no cesaba de recibir reivindicaciones de grupos y particulares que aseguraban tener en su poder los restos de Bécquer, pero eso no era lo peor; lo horrible de verdad fue cuando empezaron a llegar a comisaría individuos con sacos de huesos que, según ellos, eran los del poeta.

Al inspector Ruiz le tocaba hacerse cargo de todos. Remitía los huesos al laboratorio y, mientras esperaba los resultados, interrogaba al portador. Las versiones que escuchaba iban desde quien se autoinculpaba por haberlos robado y decía devolverlos para tranquilizar su conciencia hasta quien aseguraba haberlos encontrado porque el mismo poeta se había puesto en comunicación con él desde el más allá. Luego resultaba que algunos habían llevado huesos de perro o de vaca o de burro, pero también hubo un par de individuos que quedaron detenidos porque los restos humanos que habían aportado podían pertenecer a algunas tumbas violentadas en los últimos días en diferentes cementerios de la provincia. Era el efecto contagio: a Eduardo y a Óscar les habían surgido imitadores en todo el país, y algunos, además de la perturbación mental, tenían ese componente exhibicionista que los llevaba a plantarse ante la policía con el objeto de su delito. El inspector Ruiz confiaba en que el verdadero ladrón no fuera muy diferente de uno de ellos y que apareciera cualquier día con los restos auténticos para dar por cerrado un caso que, para él, no podía tener otra explicación que un ataque de locura. Pero mientras Ruiz recopilaba falsos huesos y falsas reivindicaciones, su mujer recogía información para elaborar sus propias teorías.

—¿Sabes que Gustavo Adolfo Bécquer se llamaba en realidad Gustavo Adolfo Domínguez?

—¿De dónde sacó el Bécquer?

—De un antepasado lejano procedente de Flandes. Pero eso es lo de menos. Fíjate otra vez en el nombre que te digo: Gustavo Adolfo Domínguez. ¿No te dice nada?

—Pues la verdad...

—¡Adolfo Domínguez! ¿Es que no te das cuenta? ¡Las tiendas de ropa!

—¡Ah! No me acordaba.

—¿Y tampoco te acuerdas de cuál es su famoso eslogan publicitario?

—Pues no.

—«La arruga es bella».

—¿Y?

—¿Conoces algo más arrugado que una momia? ¿No te das cuenta de las conexiones ocultas? ¿No ves que hay algo extraño entre Adolfo Domínguez y Bécquer?

El inspector Ruiz sólo veía a su mujer entusiasmada con esa relación que él no creía tan misteriosa, pero por contentarla estaba dispuesto a darle la razón, así que no se resistió cuando ella propuso visitar una de las tiendas de la famosa cadena de ropa para ver si encontraban más conexiones ocultas con el poeta.

Mientras el policía y su esposa buscaban la dirección de la tienda, el alcalde de Sevilla recibía en su despacho una comisión de la recién creada Plataforma Becqueriana. En cuestión de horas, a través de internet, se había generado un movimiento reivindicativo en torno al poeta. Figuraba al frente de la plataforma su principal impulsor, Juan Ricardo Adamonte, profesor universitario y rapsoda más conocido en los bares que en las aulas. Referente de numerosas iniciativas culturales y un auténtico experto en recorrer los despachos donde se decidían las subvenciones. Sus seguidores le llamaban Juanri y sus detractores, idiota, falso, ladrón y cosas bastante peores. Para sus partidarios era un héroe de la cultura y para sus oponentes, un genio de la economía. Sus partidarios le tenían por el no va más de la bohemia y sus críticos decían que era el rey del sablazo a las instituciones. El alcalde no le conocía. Por lo general, Juanri no llegaba tan alto en los despachos cuando acudía a recabar ayudas para sus iniciativas, pero como el caso era especial y el primer regidor había tomado las riendas del asunto, los que habitualmente recibían a Juanri en sus negociados, jefes de sección y como mucho algún concejal, le habían catapultado esta vez a lo más alto.

Juan Ricardo sabía cómo tratar a las autoridades, así que no le costó poner al alcalde de su parte.

—Alcalde, usted tiene que liderar este movimiento becqueriano. Usted tiene el carisma necesario para revertir esta desdicha y convertir un hecho lamentable en un trampolín para el buen nombre de Sevilla.

—Gracias, Adamonte, la verdad es que yo...

—No se quite méritos, alcalde. Usted irradia honestidad y convencimiento. Irradia magnetismo, que es lo que necesitamos en este momento para galvanizar a la opinión pública.

—Bueno, se hará lo que se pueda.

—Eso hemos venido a proponerle, algo que ya se puede hacer, un magno festival en homenaje y desagravio a la figura de nuestro gran poeta. Pero no un festival de figurones, no necesitamos estrellitas ni estrellazas venidas de fuera; nosotros le proponemos un festival popular, del pueblo y para el pueblo, en el que la poesía vuelva a la calle y los ciudadanos se adueñen de los versos como parte irrenunciable de sus vidas.

Más que convincente, Juanri resultaba apabullante. Apenas dejaba meter baza a nadie más, incluido el propio alcalde, con lo que no había mucho lugar a pedir detalles o poner objeciones. El regidor se dejó halagar un poco más y finalmente pidió a Adamonte que le detallara la propuesta por escrito cuanto antes, con un presupuesto lo más ajustado posible, y le prometía que haría todo lo que estuviera en su mano para apoyar esa iniciativa.

Juanri salió radiante del ayuntamiento, haciendo planes y haciendo cuentas, más o menos a la misma hora en que el inspector Ruiz y su esposa salían de casa camino de uno de los establecimientos de la cadena de ropa Adolfo Domínguez. Como tenían varios para elegir, escogieron uno de los más grandes y más céntricos. Cuando llegaron a la tienda, el inspector no tenía claro lo que debían investigar en aquel lugar, pero allí estaba su mujer para sacarle de dudas.

—Tú no te preocupes por nada. Déjame a mí. Una mujer levanta siempre menos sospechas.

Carmen comenzó a recorrer el establecimiento, simulando que se interesaba por diferentes prendas para su marido. Sacaba perchas, removía estanterías, se asomaba a los probadores, revisaba las etiquetas. Su esposo estaba inquieto.

—¿Qué buscas?

—Indicios.

—¿Indicios de qué?

—De que puedan ser una secta.

El inspector sólo observaba una tienda como tantas otras, pero veía a su mujer tan entretenida que prefería no llevarle la contraria. De repente, Carmen señaló un cartel que anunciaba una temporada invernal en tonos negros.

—¡Mira! ¿No te dice nada eso?

—¿Invierno en tonos negros? Pues, no sé...

—Míralo en clave. Pueden querer decir «Volverán las oscuras gabardinas»...

—¿No eran las oscuras golondrinas?

—Las palabras a la vista esconden otras que están ocultas, y las imágenes también. Todas las sectas lo hacen.

El inspector no sabía si asombrarse o asustarse de la capacidad deductiva de su esposa. Lo que tenía claro era que aquella teoría desbordaba con mucho su capacidad operativa, así que intentó ser didáctico para disuadirla de seguir por ese camino.

—Me temo que necesitaremos alguna prueba más evidente para poder implicarlos.

—Dame tiempo, Julio. Dame tiempo y verás cómo de aquí sacamos algo.

El inspector obedeció a su esposa: le concedió el resto de la tarde para seguir husmeando en aquel comercio y a la hora de cerrar salieron de allí con dos pantalones y una camisa. No era exactamente lo que habían ido a buscar, pero al menos podían decir que no se iban con las manos vacías.

El padre de Óscar era un desastre con el móvil: lo dejaba abandonado en cualquier sitio, se le agotaba la batería sin que se acordara de recargarla, lo apagaba por algún motivo y luego se olvidaba de volver a encenderlo. Así siempre. Esta vez lo dejó durante horas en la guantera de la furgoneta y cuando volvió a por él, poco antes de cenar, vio que tenía varias llamadas perdidas de su hijo. Le extrañó, porque Óscar no era de los que llamaban sólo por saludar y ver cómo estaba. Tanta llamada le produjo una cierta preocupación y se apresuró a ponerse en contacto con su hijo.

—¡Hola, papá! —respondió raudo Óscar, aliviado porque al fin su padre contactara con él.

—¿Pasa algo?

—No, no. Es que te llamaba para consultarte una duda pero ya la he resuelto.

—¿Qué duda?

—Ya ni me acuerdo. Una cosa de fútbol que estábamos discutiendo. Olvídalo. ¿Qué tal estás? ¿Por dónde paras?

—Estoy en Cuenca.

—¿En Cuenca? ¿Qué hay en Cuenca?

—Pues muchas cosas... Las Casas Colgadas, la catedral...

—Ya, ya; me refiero a qué hay para que vayas tú.

—¡Ah! Una fiesta nueva: el Festival Abstracto.

El padre de Óscar le explicó que era algo que tenía que ver con un importante museo que había allí, que en Cuenca eran muy dados a la cosa del arte y que él había llevado para la ocasión unas máscaras picassianas con trazos cubistas que iban a causar sensación.

La sensación que le quedó a Óscar al colgar fue la de despiste. Le comentó a Eduardo dónde estaba su padre y ambos consultaron el mapa para ver el recorrido entre Tomelloso y Cuenca. No era un gran viaje, habría menos de doscientos kilómetros, pero no se veía una carretera directa y cualquiera de los trayectos hacia allá parecía un tanto enrevesado. Eduardo propuso quedarse a dormir y decidir por la mañana qué ruta seguían, pero Óscar, con el calabozo aún fresco en su memoria, no estaba dispuesto a pasar otra noche allí de ninguna manera.

—Nos vamos ahora mismo por cualquier sitio y paramos a dormir por el camino.

—Vale, como quieras —admitió Eduardo, consciente de que debía complacer a su amigo porque estaba en deuda con él.

—Salimos por aquí mismo —dijo Óscar señalando en el mapa una larga recta en dirección a Socuéllamos.

Eduardo no necesitó más indicaciones. Arrancó el vehículo y puso el rumbo que le marcaba su amigo, contento de retomar el viaje para cumplir su objetivo. Tan contento estaba que declamó unos versos de Bécquer para celebrarlo:

—«Olas gigantes que os rompéis bramando / en las playas desiertas y remotas / envuelto entre sábanas de espuma / ¡llevadme con vosotras!».

En el maletero se oyó el leve crujir de unos huesos y Óscar le dijo que no hacía falta que pusiera tanto entusiasmo.

—Me aprendí esos versos un día que fui con Dafne a la playa —se justificó Eduardo.

—Pues podías aprenderte las canciones del verano, como todo el mundo.

—Eso es poco romántico.

Óscar se mordió la lengua para no decirle lo que opinaba en ese momento del romanticismo. Apretó los labios para contenerse porque no tenía ganas de discutir sobre ese asunto. Eduardo se dio cuenta, encendió la radio y los dos permanecieron un rato en silencio mientras de fondo sonaban algunas canciones a las que apenas prestaron atención para apreciar si eran románticas o veraniegas. Cada uno iba ensimismado en sus pensamientos: Óscar, en cómo salir bien parado de aquella locura; Eduardo pensando en Dafne y sólo en Dafne. Estaba tan poseído por su chica que no reparó en otra que hacía autoestop a la salida de Socuéllamos. Óscar sí la vio y se lo hizo notar a su amigo.

—¡Coge a esa chica!

—¿Qué?

—¡Qué pares y cojas a esa chica!

El coche pasaba en ese momento a la altura de la autoestopista y para cuando Eduardo obedeció la orden de su amigo, frenó y paró en el arcén, ya se habían alejado un centenar de metros.

Los dos se volvieron a mirarla y vieron que se acercaba a paso rápido.

—¿La conoces? —dijo Eduardo.

—¡Cómo la voy a conocer si es la primera vez que paso por aquí!

—Entonces, ¿por qué quieres que la llevemos?

—¿A ti no te gustaría que lo hicieran contigo?

—Yo nunca haría autoestop por la noche y solo.

—Pues imagínate lo necesitada que estará ella para tener que hacerlo.

Eduardo no prosiguió con sus reticencias porque la chica ya llegaba al coche y porque se percató de que Óscar podía querer algo más que hacer una obra de caridad. De hecho, cuando llegó hasta ellos y se inclinó para hablar por la ventanilla, que Óscar había bajado rápidamente, Eduardo apreció que era bastante atractiva.

—¡Hola! ¿Me lleváis a Las Pedroñeras? —preguntó la autoestopista.

—¡Claro! —contestó Óscar sin consultar dónde caía eso.

La chica no necesitó más para abrir la puerta y montar en el asiento de atrás. Mientras Óscar miraba por el retrovisor para fijarse en los rasgos de una cara que le pareció tan sugerente como misteriosa, Eduardo consultaba el plano para comprobar que Las Pedroñeras les caía de paso; y aunque era por una carretera secundaria, vio que no estaba lejos y que figuraba entre las alternativas que tenían para seguir camino de Cuenca.

En cuanto retomaron la marcha, Óscar intentó entablar conversación con la recién llegada, pero no resultó ser muy comunicativa. Dijo llamarse Laura, y no parecía dispuesta a aportar muchos más datos.

—¿Trabajas en Socuéllamos y vives en Las Pedroñeras? —preguntó Óscar, procurando ser cordial.

—No —respondió Laura, sin más explicaciones.

—Ah, entonces no vuelves ahora del trabajo...

—No.

—¿Entras a trabajar ahora?

—No. Voy a una fiesta.

—Ah, que son las fiestas de Las Pedroñeras...

—Pues no.

Costaba sacarle las palabras. Parecía como ida. Como si tuviera la mente en otro sitio muy lejos de aquel coche en el que Eduardo pensaba que era una chica muy rara y Óscar empezaba a pensar que tenía pocas posibilidades con ella.

Se produjo un espeso silencio entre los tres. Óscar no sabía por dónde seguir la conversación y Eduardo volvía a pensar en su Dafne del alma, hasta casi olvidarse de todo lo demás, incluidos sus compañeros de coche y la circunstancia de que llevaba un volante entre las manos. Eduardo se dejaba arrastrar por la inercia de la carretera. Aunque se cruzara con postes eléctricos y señales de tráfico, él sólo veía el rostro de Dafne como un holograma flotando por delante del parabrisas.

El vehículo avanzaba en la oscuridad de un llano interminable. No se cruzaban con nadie. Parecían ser los únicos viajeros por aquel territorio despoblado. De repente, Laura rompió su silencio con una frase inesperada:

—Ten cuidado con esa curva, no te vaya a pasar lo que a mí...

Un estremecimiento, un temblor, un escalofrío recorrió el cuerpo de los dos amigos. Óscar salió del letargo en el que empezaba a entrar y Eduardo bajó de las nubes a las que había subido con Dafne. Aterrados, ambos pensaron lo mismo: ¡la chica de la curva! ¡Habían recogido a la chica de la curva! Un espectro, la muerta viviente que repite una y otra vez el trayecto donde pereció.

Fue cuestión de segundos: escuchar esa frase, aturdirse y perder el control del coche fue lo que le pasó a Eduardo. No atinó con el freno ni con el embrague ni con la palanca de cambios; simplemente entró en la curva dando volantazos a derecha e izquierda. Óscar cerró los ojos y pensó que se mataban, que allí se acababa el viaje más idiota de su vida y que sus huesos se mezclarían en la autopsia con los de Gustavo Adolfo Bécquer, con lo que además de morirse le iba a dar un gran disgusto a sus padres. «Muerto y ladrón —pensó—; vaya dos noticias para el mismo día».

Pero tal vez no había llegado su hora, porque antes de que el coche se saliera de la calzada, cuando estaban a punto de caer en la cuneta y empezar a dar vueltas de campana, Eduardo atinó por fin con el freno, se aferró con fuerza al volante y consiguió detener el coche un segundo antes de que el drama terminara en tragedia.

El corazón de los dos amigos latía a mil por hora. Ambos levantaron la cabeza por encima del salpicadero y, en medio de la noche, observaron frente a ellos unas luces parpadeantes y unos hombrecillos verdes que se aproximaban. El temor de resultar abducidos por extraterrestres les duró el segundo que tardaron en escuchar una frase lapidaria:

—Ya te dije que tuvieras cuidado. Aquí siempre se pone la Guardia Civil.

Eduardo y Óscar se volvieron al escuchar la voz de Laura: no se había esfumado como el espectro que se suponía que era. La chica de la curva seguía allí. No era la muerta viviente que habían temido, pero ese alivio les duró muy poco porque ya tenían encima a los agentes de la Guardia Civil que, con sus chalecos reflectantes, habían corrido hacia ellos tras el amago de accidente.

—¿Están todos bien? —preguntó un agente.

—Sí, sí —balbuceó Eduardo al bajar la ventanilla.

—¿Le parece que ésas son maneras de conducir?

—No sé qué me ha pasado —se excusó Eduardo—. Creo que ha sido un mareo.

—Sí, claro, a ver si va a ser un embarazo. ¡Venga, hombre! ¡Documentación y a soplar!

Mientras un agente revisaba los papeles de Eduardo, otro se encargaba de que pasara el control de alcoholemia. El gesto de este último fue de escepticismo cuando el resultado de la prueba dio negativo.

—Así que no has bebido nada.

—No, señor.

—Pero irás hasta arriba de pastillas.

—¿Pastillas? No, no. —Eduardo se apresuró a enseñarle el carné de la facultad—. Soy estudiante de Educación Física. Hago mucho deporte.

—¿Y qué? ¿Ahora vas a decirme que los deportistas no se drogan? Los que más, chaval, los que más.

Laura no seguía la conversación; permanecía como ausente en su asiento. Óscar sí estaba pendiente, y aterrorizado ante la posibilidad de que los agentes se pusieran a buscar pastillas por el coche y encontraran algo mucho más alucinógeno: los restos de un poeta del siglo XIX. Pero tuvieron suerte, porque mientras los agentes extendían la multa correspondiente por exceso de velocidad y conducción temeraria, mientras advertían a Eduardo de que eso iba a costarle unos cuantos puntos en el carné de conducir, apareció otro coche por detrás de ellos que también circulaba por encima de lo permitido. Los guardias tenían otra misión que cumplir: dieron el alto al que llegaba y dejaron vía libre a los amigos sevillanos.

—¿De cuánto es la multa? —preguntó Óscar en cuanto reemprendieron la marcha.

—Mejor no te lo digo —murmuró un abatido y resignado Eduardo—. Con que me duela a mí ya tenemos bastante.

—Yo te avisé —se escuchó a Laura desde atrás—. En cuanto hay fiesta *makinera*, éstos se plantan ahí y venga a empapelar a todo el que pasa. Lo mejor que podéis hacer es pasar de todo y veniros a la *rave*.

Eduardo sintió deseos de parar el coche y echarla. «No es una muerta pero es gafe —pensó—; esta tía trae mala suerte». Sin embargo,

Óscar comentó que quizá sería buena idea pasarse por la fiesta para olvidar el mal trago y Eduardo se resignó a ir a donde le dijeran. Y en ese momento llegaban al pueblo de la fiesta, que los recibía con un gran cartel donde se leía: «Las Pedroñeras, Capital del Ajo».

Leo Rivas reunió a todos sus colaboradores y les enseñó un retrato de Bécquer; el más famoso, el que suele verse, el que en tiempos lejanos había servido para ilustrar los billetes de cien pesetas.

—¿Qué veis aquí? —preguntó Leo a su equipo.

Las respuestas fueron las habituales: un poeta, un mito, un romántico, un gran hombre...

—Quiero que veáis otra cosa —los interrumpió Leo—. Quiero que veáis un hombre joven y bello, un hombre que habitó en la oscuridad y la melancolía, un hombre eterno y además un hombre que acaba de salir de su tumba.

Se hizo un espeso silencio hasta que alguien expresó con una pregunta lo que estaba en la mente de todos:

—¿Un vampiro?

—¡Exacto! —exclamó Leo—. ¿Y si Bécquer fuera un vampiro? Ésa es la pregunta que tenemos que hacernos ahora y ésa es la hipótesis en la que ya os quiero ver trabajando.

Mientras los redactores de *Ultramundo* se ponían a diseñar el programa que debía convertir a Bécquer en un guapo consumidor de sangre fresca, Juan Ricardo Adamonte iniciaba en Sevilla el proceso de selección de aspirantes a participar en el Gran Festival Becqueriano. Se había decidido que sería todo un fin de semana de intervenciones artísticas para dar cabida a un mayor número de creadores. Músicos, poetas, actores, artistas plásticos; todos eran bienvenidos.

—Tiene que ser algo verdaderamente popular —había insistido Juanri ante el concejal de Cultura—. Algo donde el pueblo se vea reflejado.

—Claro, Adamonte, claro; pero es que se nos va a disparar el presupuesto.

—No tema por eso: haremos el homenaje más grande con el presupuesto más pequeño. No se trata de poner mucho dinero, se trata de poner mucho corazón.

Así, con mucho corazón y con un esquema financiero básico que consistía en que los participantes intervendrían por amor al arte y sólo los organizadores, Juanri y su equipo, se repartirían la subvención como pago justificado por el esfuerzo de poner aquello en marcha, comenzaron las pruebas de admisión en un local municipal habilitado provisionalmente como salón de *casting*.

Juanri presidía una mesa en la que le acompañaban cuatro amigos, dos hombres y dos mujeres, en teoría expertos en diferentes actividades artísticas. Por delante de ellos iban pasando los aspirantes a lucirse ante miles de personas en el homenaje a Bécquer, lo cual ya era honor suficiente como para no necesitar ningún tipo de compensación económica.

—¿Vosotros qué hacéis? —preguntó Juanri a los aspirantes con el número 85.

—Cantamos. Hemos hecho una canción dedicada a Bécquer.

—Ah, ¿sí? Pues adelante; cantadnos algo.

—¿A capela?

—Sí, claro. Es para hacernos una idea. Si pasáis adelante, ya tendremos tiempo de escucharos con instrumentos.

Los jóvenes obedecieron a Juanri. El líder de la banda dio la pauta para empezar, «un, dos, tres», y se lanzaron con la canción:

—Volverán las oscuras golondrinas / como vuelve el turrón en Navidad, / volverán los mineros a sus minas / volveremos a cantar Noche de Paz. / Volverán los pinos, las encinas, / y tu tumba abierta seguirá, / volveremos a mirar a la estrellas / soñando con que allí estarás...

—No está mal —los interrumpió Juanri—, pero tenéis que pulirlo un poco.

—Sí, no entiendo esa mezcla que hacéis de motivos navideños con las minas y con los pinos —añadió uno de sus expertos.

—Bueno —se defendió el compositor del grupo—, hemos pensado que podíamos enlazar conceptos que de alguna manera emocionan a la gente: la Navidad, que es algo que sentimos todos; la ecología, por eso los pinos, las encinas y las propias golondrinas, que son una especie protegida, lo cual dice mucho de Bécquer al acordarse de ellas hace tanto tiempo; y luego el mundo del trabajo, ejemplificado como nadie en la dura tarea del minero, que de alguna manera es un ser enterrado en vida...

—Vale, vale —le paró Juanri de nuevo—. Bueno, pasáis a la siguiente fase pero tendréis que mejorar algunas cosas. Yo creo que lo de los mineros sobra. Buscad algo que pegue más con el resto de la canción. Lo de la ecología me gusta. ¿Qué tal si en lugar de «volverán los mineros a sus minas», cantáis «volverán los barbos, las lubinas»?

—Bueno —carraspeó el cantante—, los barbos son peces de río y las lubinas, de mar.

—Mejor, mejor —insistió Juanri—. Cuanta más variedad, mucho mejor. Ríos y mares, todo metido en un mismo verso. Es estupendo. Maravilloso. Ecologista a tope. Pensadlo bien, ya veréis como funciona.

A pesar de las correcciones, los participantes con el número 85 salieron contentos, dispuestos a emplear los próximos días en hacer los oportunos retoques en la canción para superar la última prueba.

Más difícil lo veían los redactores de *Ultramundo* para encontrar las conexiones vampíricas que les había exigido su jefe, aunque poco a poco daban con alguna cosa.

—Escucha —le dijo uno de ellos a un compañero—; yo creo que este poema de Bécquer oculta alguna clave: «Solitario, triste y mudo / hállase aquel cementerio; / sus habitantes no lloran... / ¡Qué felices son los muertos!».

—Pues no sé qué decirte. ¿Qué clave ves tú?

—La envidia por los que descansan en paz de alguien condenado a vivir eternamente, o sea, un vampiro.

—Pues mira, a lo mejor tienes razón.

Los dos redactores entrechocaron sus manos en señal de triunfo y empezaron a pensar que la próxima edición de *Ultramundo* también arrasaría en audiencia.

Mientras el programa de Leo Rivas se preparaba para desvelar al mundo entero los evidentes rasgos de vampiro de Gustavo Adolfo Bécquer, los huesos del poeta reposaban en Las Pedroñeras, Capital del Ajo, sin dar ninguna muestra de sentirse incómodos en un lugar tan inapropiado para un seguidor del conde Drácula.

Después del disgusto con la Guardia Civil, Eduardo y Óscar habían decidido no viajar más esa noche y descansar allí mismo, en un hostal de la localidad que presumía de ser la mayor productora de ajos de España. La propia Laura los guió hasta el lugar donde podían alojarse, pero, en un primer momento, sólo Eduardo se quedó allí.

—Yo me voy a la fiesta —dijo Óscar.

—¿Seguro? —le preguntó su amigo—. ¿No estás cansado?

—No tanto como para acostarme ahora.

—¿Quieres que te acompañe? —Eduardo se sentía obligado a complacerle.

—No. Ya me uno a Laura y que me presente a más chicas. Recuerda que está en deuda con nosotros.

Se separaron y cada uno fue al encuentro de lo que más ansiaba: Eduardo, una cama; Óscar, un poco de marcha. Así pasaron las horas, para uno soñando con multas y accidentes y para el otro botando al ritmo de la música electrónica y conociendo a chicas con las que era imposible entablar una conversación con aquel volumen. Además, al amanecer todas se dispersaron de manera casi automática, incluida Laura, que dijo algo de dormir en casa de una amiga, un comentario en el que no se incluía ninguna habitación para aquel sevillano tan amable que la había recogido en autoestop.

Óscar volvió al hostal arrastrando los pies. Al entrar en la habitación, Eduardo se desveló brevemente, circunstancia que aprovechó su amigo para darle una orden tajante:

—¡No se te ocurra despertarme en todo el día!

—Pero entonces tendremos que pagar otra noche... —murmuró Eduardo, lo bastante despierto como para pensar en los gastos.

—Nos quedamos lo que haga falta —insistió Óscar—. Hoy toca jornada de descanso.

Cinco minutos después estaba dentro de la cama y caía en un sueño tan profundo como aplastante. Sólo una suave respiración le diferenciaba de un cadáver.

En ese estado seguía cuando Eduardo se levantó un par de horas más tarde. Se aseó, desayunó en el bar del hostal y salió a dar una vuelta por el pueblo. Lo primero que hizo fue comprobar que el coche seguía en el sitio donde lo había aparcado y que los huesos de Bécquer continuaban en el maletero. Todo estaba en orden. «A ver si te completamos pronto y puedes por fin descansar en paz», pensó Eduardo mientras observaba la bolsa con los restos. Para significar aún más su respeto y admiración por Gustavo Adolfo, cogió el libro de rimas que llevaba en la guantera y se alejó con él en la mano.

Buscaría un lugar tranquilo y se sentaría a leer aquello que en los últimos meses se había convertido en su biblia personal. Memorizaría algunos versos más, para sorprender una y otra vez a Dafne; su Dafne, por la que se había embarcado en todo aquello y estaba dispuesto a embarcarse en cuanto hiciera falta: un viaje al centro de la tierra, cinco semanas en globo o la vuelta al mundo en ochenta días; no había reto que no estuviera listo para afrontar empujado por el amor de Dafne.

Tanto y con tanta fuerza debió de pensar en ella que el eco de sus pensamientos llegó a Sevilla y en ese mismo instante Dafne le llamó al móvil. Eduardo sintió un escalofrío cuando vio su nombre en la pantalla.

—¡Hola, guapísima! —la saludó efusivo—. ¿Cómo estás?

—Bien. Echándote de menos. ¿Dónde estás ahora?

Eduardo tuvo un momento de vacilación, recordó que en teoría visitaban instalaciones de los alrededores de Madrid y dijo el primer lugar que se le ocurrió.

—En Leganés. Estamos en Leganés.

—¿Es bonito?

—Bueno... —Eduardo se quedó mirando el *Monumento al ajo* que había frente a él, en una rotonda de Las Pedroñeras, y le inspiró para seguir con sus mentiras piadosas—. Pues sí, hay algún monumento bonito.

—Ah, ¿sí? ¿De qué tipo?

Eduardo volvió a observar aquella escultura de piedra rematada con unas hojas metálicas. Simulaba una cabeza de ajos elevándose un poco por encima del tráfico que la circundaba. Aunque le pareció bastante lograda, decidió que, por mucho que a su novia le gustaran las patatas con alioli y el pollo al ajillo, no podía decirle que contemplaba un *Monumento al ajo*. Eso era poco romántico, así que improvisó otra cosa.

—Modernos. Monumentos modernos. Ya sabes, todo de diseño —comentó, olvidando que Dafne era de gustos más bien clásicos.

—No hay nada que envejezca más deprisa que la palabra moderno.

—Tienes toda la razón.

Aunque Dafne hubiera dicho exactamente lo contrario, Eduardo habría asentido con la misma convicción. Daba igual lo que dijera. Incluso a través de aquel móvil anticuado y con poca cobertura, la voz de Dafne sonaba a música celestial. Y aunque se hallara a cientos de kilómetros de distancia, el simple hecho de que su sonido estuviera allí transformaba todo alrededor. Eduardo ya no veía el *Monumento al ajo*; en su lugar parecía haberse instalado un templo de la antigua Atenas. La voz de Dafne tocaba el aire y era suficiente para que el cemento se convirtiera en mármol; para que Eduardo percibiera la silueta de la Venus de Milo en el contorno abstracto de una cabeza de ajos. Porque Dafne convertía todo en arte clásico y en pura poesía. Eduardo se lo quiso decir con palabras de Gustavo Adolfo, ya que por suerte la llamada le había sorprendido con su libro en las manos.

—Déjame que te lea algo —comentó cuando Dafne estaba ya despidiéndose—: «Mientras haya unos ojos que reflejen / los ojos que los miran, / mientras responda el labio suspirando / al labio que suspira, / mientras sentirse puedan en un beso / dos almas confundidas, / mientras exista una mujer hermosa, / ¡habrá poesía!».

—¡Qué bonito! —exclamó Dafne, entusiasmada ante aquellos versos tan clásicos y a la vez tan excitantes—. ¡¿No me digas que llevas las *Rimas* de Bécquer mientras visitas polideportivos?!

—Yo llevo siempre a Bécquer conmigo.

Dafne no podía imaginar hasta qué punto su chico hablaba en serio al decir esa frase. Daba igual. Ella estaba encantada de haberlo convertido en un hombre tan romántico. Y eso se merecía un premio: cuando colgó, Dafne ya tenía decidido que en los próximos días se plantaría en Madrid para darle una sorpresa a Eduardo.

A pesar del evidente desinterés del comisario por el caso, el inspector Ruiz procuraba mantenerle informado. Aunque no había gran cosa que decir, salvo que seguían las reivindicaciones y las pistas poco fiables.

—Los últimos que se han atribuido el robo son un grupo autodenominado Frente Flamenco de Reconstrucción Cultural.

—¿Un grupo flamenco? ¿Qué tiene que ver el cante con todo esto?

—No. No son cantaores ni guitarristas. Dicen que son flamencos de Flandes, que el apellido Bécquer procede de allí y que se llevan al poeta a la tierra de sus tatarabuelos.

—¿Alguna credibilidad?

—Ninguna, pero por si acaso he llamado a la embajada de Bélgica para consultarles.

—¿Y?

—Ni sabían quién era Bécquer ni les sonaba el grupo flamenco. El funcionario que me ha atendido ha dicho que, si alguien de su país viniera a España a profanar una tumba, lo haría con la del duque de Alba.

—¿Por qué?

—No les cae bien. Creo que es por algo de los Tercios de Flandes y todo eso que pintó Velázquez.

—O sea, que por parte de las reivindicaciones no tenemos nada, ¿y algún chivatazo?

—Bueno, unos del Betis han venido a echarle la culpa a los ultras del Sevilla y luego unos del Sevilla han venido a echarle la culpa a los ultras del Betis.

—¿Razones?

—Ambos se acusan de practicar rituales satánicos en contra de sus rivales.

—¿Y para qué iban a querer los huesos del poeta?

—Para hacer algún conjuro. Al parecer, Bécquer tenía relación con las brujas más importantes de su época, las brujas de Trasmoz.

—Mire, Ruiz, todo eso son tonterías.

—Eso mismo pienso yo.

—Estoy convencido de que esos huesos aparecerán solos —dijo tajante el comisario—. Como pasó con la Copa del Mundo de Fútbol en Inglaterra hace muchos años, que la robaron unos bromistas y luego la tiraron en un parque. Pues aquí igual. No merece la pena perder un minuto con esto.

El inspector Ruiz se retiró, en parte aliviado por no tener la presión de sus superiores y en parte enfadado por pensar que el caso pudiera ser sólo una broma. Quien también empezaba a enfadarse era el párroco de la Anunciación. Había soportado con paciencia a los primeros que llegaron hasta su confesionario para autoinculparse, pero ya empezaba a molestarle el rosario de tipos raros que deambulaban por su iglesia. Los últimos eran los milagreros. Como el hombre que en ese momento se arrodilló al otro lado de la rejilla y comenzó una extraña confesión.

—Padre, tengo el presentimiento, / por no decir corazonada, / de que en mí toma asiento / y ha hecho de mí su morada / el espíritu irredento / del alma aquí arrebatada.

—¿Te refieres a Bécquer?

El hombre asintió con la cabeza antes de seguir.

—No sé si lo habrá notado / aquí en el confesionario, / pero me sale todo rimado / y es algo que me pasa a diario.

—Vaya.

—Yo antes hablaba poco, / me expresaba de modo disperso / y ahora voy como loco / hablando todo el día en verso.

—Pues vas a rezar cincuenta padrenuestros y cincuenta avemarías, a ver si se te pasa.

—Pero, padre, ¿acaso es pecado / que te posea un poeta? / Yo creo que es el milagro / que hace mi vida completa.

—Ya veremos. Tú de momento reza, que rezar también es poesía, y vuelve por aquí dentro de un mes. Si no se te ha pasado para entonces, ya miraremos de empezar la beatificación o mandarte a una escuela, porque muy inspirado tampoco se te ve...

La mujer del inspector Ruiz sí se encontraba inspirada cuando su marido llegó a casa. Había seguido escudriñando en la vida de Bécquer para hallar mensajes cifrados, claves ocultas, indicios que sirvieran para sustentar sus teorías en torno a sectas y otras referencias esotéricas.

—Cariño —saludó a su marido en cuanto lo vio—, creo que he encontrado otro hilo del que tirar.

—Ah, ¿sí? Cuéntame.

—Gustavo Adolfo Bécquer nació un 17 de febrero.

—No lo sabía.

—Eso quiere decir que nació bajo el signo de Acuario.

—¿Y?

—La empresa que gestiona el acuario de Sevilla se llama Acuario del Descubrimiento. ¿No crees que es mucha casualidad? Piensa en las claves que esconde ese nombre: el descubrimiento de un acuario, el descubrimiento de una tumba, el descubrimiento de un poeta...

El inspector Ruiz no veía las claves con tanta nitidez, pero sí tenía claro que iba a pasar el resto de la tarde viendo rodaballos, meros y sardinas plateadas.

Eduardo y Óscar llegaron a Cuenca lo bastante descansados como para ponerse a perseguir el cráneo de Bécquer de inmediato, sin detenerse a buscar alojamiento o cualquier otra menudencia.

—Con un poco de suerte, de aquí salimos directos para el Moncayo con el esqueleto completo.

—Hombre, completo, completo —manifestó Óscar—; la verdad es que quedan cuatro huesos.

—Bueno, sí, claro, pero tú ya me entiendes. Aunque esté muy mermado, no deja de ser el esqueleto de Bécquer —defendió Eduardo, antes de añadir una reflexión de última hora—. Lo curioso es que no tenía pelo.

—¿Cómo dices?

—Siempre he oído que a los muertos les crece el pelo, pero éste tiene el cráneo pelado.

—¿Cómo quieres que lo tenga? ¿Es que tú te crees que el pelo sale del hueso? Si no hay carne, no hay pelo.

—Es verdad. No lo había pensado.

—Es que a ti te sale el pelo directamente del cerebro. Tienes la mente enmarañada. Por eso padeces tanta confusión mental.

—Estar enamorado no es estar confuso. Bueno, un poco sí, pero sólo al principio.

—Pues ten cuidado porque algunos nunca pasan del principio y se quedan confusos para toda la vida.

Eduardo permaneció un buen rato mascando las palabras de su amigo. Intentaba darles un significado positivo. Llevaba puestas las gafas del amor y estaba en esa fase de verlo todo de color rosa. Las tumbas eran rosas. Los huesos eran rosas. Cuenca era rosa. Aunque dejó de verla de ese color cuando se percató de que, como en cualquier otra ciudad, era imposible aparcar en el centro.

No les quedó más remedio que alejarse un poco y dejar el coche estacionado en una calle de las afueras. Apuntaron el nombre del lugar y después se dirigieron andando hacia el casco histórico. Al inicio de su recorrido les pareció que el ambiente era normal, pero en cuanto se internaron en la zona antigua, bajo una gran pancarta donde se leía

«Gran Festival Abstracto», la cosa cambió radicalmente.

De las fachadas colgaban grandes lonas en las que se habían reproducido importantes obras de la pintura abstracta. Por las aceras se veían esculturas realizadas con materiales diversos. Hierros retorcidos, piedras amontonadas y plásticos perforados se sucedían en cada esquina provocando diferentes reacciones entre los visitantes. Pero lo más llamativo era la gente vestida para la ocasión: cientos de personas convertidas en cuadros andantes, como esos hombres anuncio que van embutidos entre dos carteles, sólo que aquí, en lugar de anunciar por delante que compraban oro y por detrás la dirección del negocio, podían llevar por delante una obra de Miró y por detrás, una de Saura.

—Eso no pega —dijo Eduardo al observar a alguien vestido exactamente así.

—¡Tú qué sabrás! —dijo Óscar, despreciando su criterio artístico.

—Hombre, algo he aprendido con Dafne, y el colorido de Miró conjuga mal con esos tonos oscuros y atormentados de Saura.

—Pues yo creo que se complementan.

—Ah, ¿sí? Bueno, quizá. No lo había pensado. ¿Y tú con quién has aprendido eso?

—Con mi madre; acompañándola a comprar cortinas.

La respuesta de Óscar dejó a Eduardo con pocas ganas de seguir ejerciendo de crítico de arte, aunque los dos amigos tendrían que volver a entrecruzar criterios a la hora de elegir un disfraz con el que camuflarse.

—Yo necesito algo que me tape la cara para que no me vea mi padre —apuntó Óscar.

—Te podemos disfrazar de Christo.

—¡¿Qué dices?! Te crees que estamos en Semana Santa. ¡Cómo me voy a disfrazar de Jesucristo!

—No, no; me refiero a disfrazarte de una obra de Christo, un artista búlgaro que se dedica a envolver monumentos. Lo habrás visto alguna vez por la tele.

Eduardo le recordó algunas de las obras de Christo Javachef, como cuando envolvió un puente de París o el edificio del Parlamento alemán en Berlín. Óscar recordaba vagamente haber visto algo así. En cualquier caso, le daba igual de qué disfrazarse: viendo pasar a uno que iba envuelto en una malla de alambre, porque iba disfrazado de una obra de Rivera, y a otro que se había convertido en una cruz andante, porque iba disfrazado de una obra de Tàpies, llegó a la conclusión de que envolverse para regalo no era una mala opción. Es más: parecía una alternativa práctica y barata.

Eduardo le rebajó un poco las pretensiones y también el presupuesto: no se envolverían en papel de colorines, de esos que se usan para la Navidad y los cumpleaños, sino en algo más tosco, pero también más discreto y a la vez más acorde con la obra de Christo. Se envolverían en papel de embalar, el de toda la vida. Así que buscaron en papelerías, droguerías y ferreterías; compraron varios metros del típico papel de color marrón y varios metros de fino cordel; buscaron un rincón discreto y se envolvieron el uno al otro de la forma más artística que pudieron.

El resultado se alejaba un poco de las obras de Christo y se parecía más al envoltorio de un bocadillo, pero no se podía negar que llamaban la atención. En realidad, parecían dos momias pobres a las que no les hubiera llegado el dinero para vendas. Como además la mayoría de los conquenses que se cruzaban con ellos no recordaban al artista búlgaro, cuando los veían pasar se preguntaban si era una *performance* o una provocación, si se trataba de dos innovadores de los que marcaban tendencias o dos bromistas que se mofaban de los excesos del arte moderno. Ante esa duda, no sabían si aplaudirles o abroncarles. Pero nadie se quedaba indiferente al cruzarse con ellos.

—Se nos queda mirando todo el mundo —susurró Óscar, un tanto incómodo.

—Es lo que tiene ser original —dijo Eduardo.

Habían rematado el disfraz envolviéndose la cabeza y dejando unos pequeños orificios para los ojos, la nariz y la boca. Aunque eso les permitía desenvolverse bien, su campo de visión era bastante limitado. Veían bien al frente, pero no tanto hacia los lados. «Como un burro con orejeras», comentó Óscar. «Como un explorador con prismáticos», matizó Eduardo, mucho más optimista.

Así llegaron a la plaza Mayor, en la parte alta de la ciudad, donde se ubicaba el corazón de la fiesta. Y allí, en un rincón, no tardaron en descubrir el puesto donde el padre de Óscar vendía sus máscaras y abalorios.

Había mucha gente alrededor, tanta que Óscar decidió rápidamente que debían aprovecharse de aquel gentío para actuar rápido y desaparecer pronto.

—Mi padre lleva la llave en un bolsito de mano que suele guardar siempre en la misma caja de disfraces —instruyó a Eduardo—. Tú te pones por delante y le entretienes preguntando precios de cosas; mientras yo, voy por detrás, cojo el bolso y escapo corriendo.

Eduardo no necesitó cumplir su parte del plan porque en torno al puesto del padre de Óscar había un enjambre de niños y adolescentes curioseando, toqueteando, preguntando precios y detalles. Los más pequeños iban disfrazados o portaban camisetas con cuadros abstractos, lo que sus padres habían elegido para ellos; los mayores vestían de forma normal, porque pasaban un poco de una fiesta que les parecía un invento para adultos. Por eso estaban todos allí interesándose por cosas menos abstractas: puñales ensangrentados, máscaras de goma con rostros tumefactos, capuchones de torturador, instrumentos de la Inquisición, todo el catálogo mortuorio y terrorífico que era lo que el padre de Óscar vendía en mayores cantidades allá a donde fuera, sin importar la fiesta que se celebrara. De hecho, nadie se fijaba en lo que había llevado específicamente para el Festival Abstracto, quizá porque los adultos apenas se detenían en un puesto tan copado por los más jóvenes de Cuenca.

En medio de ese ambiente escolar, la figura de un tipo envuelto en papel de embalaje llamaba bastante la atención, como también llamó la atención a uno de los chavales que por detrás apareciera otro igual, metiera la mano en una caja y se largara después de coger algo.

—Oiga, señor —dijo el crío—, le acaban de quitar algo.

—¿Cómo dices?

—Aquel hombre de papel ha sacado algo de una caja y se lo ha llevado —insistió señalando a Óscar, que se alejaba a paso vivo.

En un instante se formó un pequeño revuelo: el padre de Óscar comprobó que le faltaba el bolso y comenzó a gritar para llamar la atención de una pareja de policías que pasaba por allí; Eduardo se dio la vuelta y se alejó en sentido contrario, mientras iba desprendiéndose de partes del disfraz para que no le relacionaran con el ladrón; algunos chavales aprovecharon el desconcierto para meterse en el bolsillo algún pequeño objeto de los que había en el puesto; el padre de Óscar se percató de ello y enganchó a uno de la camiseta cuando pretendía marcharse con una máscara de Darth Vader debajo del brazo; la madre del chico, que andaba por allí, empezó a gritar y a decir que no se le ocurriera ponerle la mano encima a su hijo; uno de los guardias tuvo que quedarse a resolver el altercado, mientras el otro salía corriendo detrás de Óscar, que optó por dirigirse hacia abajo, torció a la izquierda junto a la catedral, pasó por delante del palacio episcopal, bajó hacia los museos, entró por un pasadizo y apareció junto a las Casas Colgadas, en la parte de la ciudad que se asoma a un gran cortado sobre el río Huécar.

Allí no vio otra escapatoria que un vertiginoso puente sobre el río, y hacia él se dirigió. Pero no era fácil correr envuelto en aquel papel que se iba rompiendo más cuanto más aceleraba el paso, por lo que Óscar decidió hacer lo mismo que iba haciendo su amigo mientras huía en sentido contrario: rasgar el papel e ir tirándolo, mientras trozos de cordel le quedaban colgando por diferentes partes del cuerpo.

Cuando estaba en medio del puente de San Pablo, Óscar giró la cabeza hacia atrás y comprobó que el policía no iba mucho mejor que él, porque ni el uniforme ni la pistola le facilitaban mucho la carrera; no obstante, sería difícil despegarse de aquel tipo que le gritaba que se detuviera en nombre de la ley. De repente, Óscar tuvo una idea, frenó en seco, se volvió hacia su perseguidor y lanzó una extraña amenaza.

—¡Quieto! —gritó—. ¡Párese ahí mismo o me tiro por el puente!

El policía se quedó paralizado. No esperaba esa reacción. Parado a treinta metros de Óscar, en su cabeza se mezclaron las clases de persecución con aquellas otras en las que les enseñaban a disuadir a locos y suicidas. Pensó que era el momento de aplicar el segundo protocolo.

—¡Tranquilo! ¡No voy a hacerle ningún daño! Si depone su actitud y devuelve lo que ha robado, seguro que encontramos una solución a su problema.

Óscar hizo ademán de encaramarse a la barandilla para saltar sobre el río. La altura era espeluznante. Como asomarse desde la azotea de un edificio de veinte plantas. Pensó que el propio policía sentiría vértigo al verle así y se guardaría mucho de acercarse. Y no le faltó razón.

—¡No se tire! —gritó el policía—. Siempre hay una razón para vivir. Insisto en que seguro que hay una solución para sus problemas. Nunca es tarde para rectificar. A pesar de todo, la vida es bella.

Aquel policía parecía un cura. Había empezado a desgranar todas las frases del manual y aquello, más que una disuasión, parecía una homilía. En vista de la buena voluntad del agente, Óscar decidió que lo mejor era hacerse el loco: abrió el bolso de su padre y empezó a vaciar su contenido sobre la pasarela del puente.

—¡Quédese con todo! ¡No quiero nada! ¡Sólo quiero volar!

Óscar gritaba fuera de sí, en una imagen que daba entre miedo y pena porque aún mantenía el papel de envolver sobre su cabeza, así que se expresaba como un peligroso perturbado pero tenía el aspecto de un inofensivo monigote. De cualquier modo, consiguió su objetivo: cuando echó a correr de nuevo, el guardia ya no le persiguió. El policía se quedó en el lugar donde Óscar había vaciado el bolso y recogió todo lo que había por allí esparcido: carnés, tarjetas, monedas, gafas de sol, las llaves de casa; todo menos la llave de la furgoneta. Óscar había tenido mucho cuidado de quedarse con ese llavero y ahora corría hacia el otro extremo del puente apretándolo con fuerza en una mano, mientras con la otra se arrancaba el trozo de envoltorio que aún le ocultaba la cara.

Mientras Óscar desaparecía por la hoz del Huécar, Eduardo se escabullía por el lado contrario, por la hoz del Júcar. Dentro de lo comprometido de su situación, al menos tenían la suerte de huir por unos parajes extraordinarios. Lástima que no pudieran pararse a contemplarlos porque tenían otras prioridades.

En cuanto se sintió en un lugar discreto y seguro, Óscar dejó de correr, se desprendió de las cuatro cuerdas y del poco papel que aún llevaba colgando y llamó a su amigo.

—¿Estás bien? —fue lo primero que dijo Eduardo.

—He estado a punto de acabar en otro calabozo, pero me he librado por poco. Y además tengo la llave.

—¡Bien! Pues entonces vamos a la furgoneta antes de que aparezca tu padre.

Óscar se quedó mudo de repente. Eduardo le preguntó si le pasaba algo. Óscar reaccionó con un rosario de insultos y maldiciones que no iban dirigidos a nadie en particular, o como mucho a sí mismo, porque acababa de percatarse de que tenía la llave pero no sabía dónde estaba la furgoneta. Eduardo le quitó importancia y trató de tranquilizarle.

—No estará muy lejos de donde tienen los puestos.

—¡¿No te has dado cuenta de que esto no se parece nada a Tomelloso?! —dijo Óscar, furioso consigo mismo y con el resto del mundo—. Aquí no habrán podido aparcar todos esos vehículos en las estrecheces del casco histórico.

—Pero muy lejos no pueden estar —continuó Eduardo con su optimismo—. Vamos a la parte baja de la ciudad, por donde se ensancha, y miramos por ahí. Tú busca por un lado y yo, por otro. Seguro que preguntando a unos y a otros alguien nos dirá dónde aparcan los feriantes.

Mientras ellos empezaban su búsqueda a ciegas, el padre de Óscar hacía recuento de las cosas que le había devuelto el municipal que había frustrado el robo.

—¿Está todo? —preguntó el guardia.

—No veo la llave de la furgoneta.

—Espero que no se haya caído por el puente, porque entonces ya puede darla por perdida.

—No se preocupe. Llevo una copia en la maleta. Cuando uno viaja tanto, hay que tomar precauciones.

El padre de Óscar apuró la noche más tranquilo tras recuperar sus cosas. Luego cerró el tenderete y lo dejó, como todos los demás, al cuidado del guarda jurado contratado por el festival para controlar el recinto. De allí se trasladó al hotel de las afueras donde se hallaba alojado y donde permanecía aparcada la furgoneta. Demasiado lejos del centro como para que Eduardo y Óscar dieran con ella.

Los dos amigos caminaron y caminaron, recorrieron calles y calles de la parte baja de la ciudad, pero en ninguna de ellas encontraron el vehículo que buscaban. Pero eso no fue lo peor: cuando a medianoche, completamente derrotados, se dirigieron a buscar su coche, se encontraron con una sorpresa mayor.

—¡No está el coche! —exclamó Eduardo al llegar a la calle donde lo habían dejado aparcado.

—¿Seguro que lo dejamos aquí?

—¡Pues claro! ¡Llevo la dirección apuntada!

—Pero ¡si aquí no hay ningún coche! —exclamó Óscar.

Y tenía razón: Eduardo observó desolado que no estaba el de ellos pero tampoco los que había aparcados delante y detrás del suyo. Se preguntó si en Cuenca robaban los coches de tres en tres. Y aún se preguntó algo más terrible: ¿qué haría el ladrón cuando descubriera una bolsa con huesos en el maletero?

La nueva edición de *Ultramundo* presentaba un escenario menos tenebroso que la anterior. Sin abandonar los tonos oscuros, Leo Rivas y los decoradores del programa optaron por potenciar la imagen del poeta: Leo apareció ante los televidentes escoltado por varias siluetas de Bécquer a tamaño natural que mostraban el rostro más reconocido del poeta, pero sutilmente retocado para hacerlo aún más joven y bello. Entre otras cosas, los especialistas retocaron sus ojos para que la mirada del poeta pareciera menos lánguida y más sensual, y para que fuera una de esas miradas que parecen seguirte mientras pasas por delante de ellas.

A todos los telespectadores les recorrió un escalofrío al sentirse observados por ese rostro, hermoso y a la vez fantasmal, mientras Leo Rivas comenzaba el programa con unos versos.

—«Yo sé que hay fuegos fatuos que en la noche / llevan al caminante a perecer: / yo me siento arrastrado por tus ojos, / pero adónde me arrastran no lo sé».

Leo Rivas hizo un silencio y miró fijamente a la cámara antes de proseguir con la presentación.

—Señoras, señores, buenas noches. Ustedes se preguntarán qué fuegos fatuos eran esos que atraían a Gustavo Adolfo Bécquer tanto como para no temer a la muerte, o incluso quién sabe si hasta para desearla. En *Ultramundo* nos hacemos muchas preguntas: ¿qué ojos arrastraron a Bécquer? ¿Hasta dónde se dejó arrastrar? ¿Quizá fueron los ojos de alguien que habitaba entre esos fuegos fatuos? ¿Unos ojos que sólo podían brillar cuando ya no brilla el sol? ¿Esos ojos de quienes vagan por el mundo durante generaciones sin envejecer ni morir? Cuanto más investigamos sobre Bécquer, más nos asombran los misterios que hay detrás de él. Hoy, como siempre, en *Ultramundo* intentaremos encontrar algo de claridad en esos universos que todavía permanecen en tinieblas. Seremos un rayo de luz en la ardiente oscuridad.

A continuación, Leo Rivas introdujo a quienes iban a prestarle ayuda para iluminar a la audiencia. Nuevamente había reunido un plantel de expertos en diversas áreas de la parapsicología, desde la transmigración de las almas a la recomposición de los cuerpos. Leo comenzó por un hombre mayor, de aspecto respetable, al que presentó como el profesor Meneses.

—Yo creo que una de las claves en torno a Bécquer está en su esposa —dijo Meneses.

—¿En qué sentido? —preguntó Leo.

—En muchos. La figura de la esposa está cargada de referencias y simbolismos.

—Descúbranos alguno de ellos.

—Empecemos por el nombre: Casta. La mujer de Bécquer se llamaba Casta. ¿Por qué elige Bécquer a una mujer con ese nombre?

—¿Por la castidad?

—Exacto, Leo, exacto. Bécquer muestra una renuncia explícita al sexo como sublimación del amor. Quizá porque le parece impuro lo que el sexo supone de intercambio entre un hombre y una mujer. Tal vez él aspira a intercambiar algo más sagrado.

—¿A qué se refiere?

—A la sangre, por supuesto.

Se hizo un silencio en el plató. La cámara se paseó rápidamente por las miradas penetrantes de los retratos de Bécquer que decoraban aquel estudio de televisión. Leo Rivas se puso muy solemne y solicitó al profesor Meneses que aclarara su teoría.

—Es muy sencillo. Probablemente, Bécquer quiso penetrar en una dimensión superior a la puramente humana, en esa dimensión más espiritual a la que sólo se llega a través del más puro y vital de los fluidos: la sangre. En el poema dejaba entrever que se dejaría arrastrar por unos ojos hasta lugares desconocidos, pero probablemente debajo de esos ojos también había unos colmillos...

Leo le hizo un gesto para que no siguiera. Para que la incertidumbre quedara ahí, en los colmillos que pudieron clavarse en el cuello del poeta para trasladarle a una dimensión desconocida, el universo vampírico, la romántica eternidad.

Leo Rivas dio paso a otro de sus expertos, el profesor Loriente, contertulio habitual del programa. Loriente estaba dispuesto a profundizar en las teorías de su colega Meneses.

—No sólo es capital la figura de la esposa para entender la dimensión ultraterrena de Bécquer, también es muy importante su lugar de procedencia.

—¿Habla de Madrid?

—No. Hay que remontarse un poco más lejos: Casta procedía de un lugar de Soria llamado Noviercas.

—¿Y eso tiene algo que ver con Bécquer?

—Por supuesto: Bécquer se vinculó de forma muy estrecha con Noviercas, incluso residió allí durante un tiempo.

—¿Y qué tiene de especial Noviercas?

—Todo. Cualquiera que visite los páramos

que rodean el pueblo percibirá que allí flota algo sobrenatural. En realidad, sólo hay que fijarse en el nombre.

—¿Qué tiene de particular el nombre de Noviercas?

—Actualmente quizá no diga gran cosa; pero hay claros indicios sobre su procedencia y sobre cómo ha evolucionado ese nombre.

—¿Es que antes no se llamaba así?

—Vamos a ver. —El profesor Loriente se echó hacia delante en su asiento para dar mayor rotundidad a lo que iba a explicar—: Todos los topónimos actuales son palabras o frases que han ido deformándose con el tiempo, de una manera natural, por la propia evolución de las lenguas.

—¿Podría ponernos algún ejemplo? —preguntó Leo, también adelantándose en su sillón, dispuesto para escuchar una revelación trascendental.

—Por supuesto. Los hay a cientos. Por ejemplo, Zaragoza se llamó primero Caesar Augusta, luego derivó en Sarakusta y finalmente acabó como la conocemos hoy. Santander es una derivación del lugar llamado Sancti Emeretti, nombre antiguo de San Emeterio, cuya cabeza apareció por allí después de dar la vuelta a España. León se llamó originalmente Legione, porque sus fundadores fueron legionarios romanos, y así podríamos seguir con muchos otros lugares.

—¿Y Noviercas?

—Pues resulta evidente que el topónimo Noviercas procede de la expresión «no vi arcas».

—¿A qué arcas se refiere?

—A las arcas sagradas, por supuesto. Todo el mundo recordará a Indiana Jones en busca del arca perdida... Vamos a ver; cuando Dios establece un pacto con los hombres, utiliza la figura del arca: el arca de la alianza, que es donde se guardaban las tablas de la ley en las que Yaveh entregó a Moisés los Diez Mandamientos; el arca de Noé, que Dios utiliza para preservar a los únicos que sobrevivirán cuando desencadene el diluvio universal...

—Entonces, ¿qué supone «no ver arcas»?

—El arca es un símbolo sagrado, está claro que quien se niega a ver arcas niega lo sagrado y elige lo profano. En mi opinión, el lugar de «no vi arcas», después derivado en Noviercas, podría ser un espacio vampírico.

—¿En qué sentido?

—Hablo de un lugar donde quizá en tiempos muy, muy remotos se produjo una conjura ante Dios, la conjura de los adoradores de la sangre, los que descubrieron la magia para no envejecer nunca y vivir eternamente entre nosotros.

Leo Rivas interrumpió al profesor Loriente para dirigirse a los telespectadores y sugerirles que reflexionaran sobre lo que estaban escuchando; que interiorizaran los misterios que allí se desvelaban, que ataran cabos y sacaran sus propias conclusiones sobre las relaciones del poeta romántico con el más allá. Para que pudieran pensar más tranquilos, dio paso a unos minutos de publicidad.

Si no se hubieran quedado tan aturdidos al ver el estacionamiento vacío, de no haber estado tan cansados de correr de aquí para allá y tan nerviosos por los últimos acontecimientos, Eduardo y Óscar quizá se habrían fijado en la pegatina del suelo que indicaba que su coche había sido retirado por la grúa municipal, junto con otros dos que obstaculizaban el paso de una procesión que tendría lugar al día siguiente. Pero en lugar de apreciar ese pequeño detalle, su primer impulso fue alejarse de allí. Su primera reacción, más que de rabia por haberse quedado sin coche, fue de preocupación por que eso supusiera descubrir lo que llevaban dentro. En lugar de comportarse como víctimas, se comportaron como proscritos. En lugar de acudir corriendo a denunciar el robo, empezaron a vagar por Cuenca meditando lo que debían hacer.

—No podemos denunciarlo —decía tajante Óscar—. Cuando la policía lo localice, lo primero que hará será revisarlo. Encontrarán los huesos y a ver cómo justificamos eso.

—Podemos decir que la bolsa no es nuestra, que la habrán dejado los ladrones.

—¿Y te crees que se van a quedar satisfechos con esa explicación? Tú no conoces a la policía —insistía Óscar, que en los últimos días acumulaba demasiada tensión policial—. Empezarán a preguntar y a preguntar, hasta que nos derrumbemos. Hay que buscar otra solución.

Eduardo no encontraba ninguna alternativa, y además sabía que, al estar el coche a su nombre, si daban con los huesos, tarde o temprano darían con él. Pero no podía ablandar a Óscar, demasiado nervioso para razonar, ni podía enfrentarse a él, cuya ayuda tanto estimaba. Sólo le quedaba esperar que el cansancio hiciera mella en su amigo y aceptara la única salida que les quedaba: acudir al cuartelillo a reclamar.

Mientras tanto, el padre de Óscar había vuelto al hotel y había comprobado que la furgoneta seguía en su sitio. Como estaba cansado, no quiso ver más. Se acostó temprano y a la mañana siguiente, después del desayuno, se dirigió al vehículo, lo abrió, echó un vistazo y le pareció que todo seguía igual. No obstante, decidió hacer un recuento del material que llevaba, un pequeño inventario para ver si necesitaba pedir más material de cara a los días de ferias que aún tenía por delante.

Empezó a mover cajas, a abrirlas, a contar lo que le quedaba de este o aquel producto, y en una de esas revisiones, al abrir una de las cajas que no había tocado desde que salió de Sevilla, se llevó una sorpresa mayúscula. Mientras repasaba las máscaras, antifaces, capuchas, pelucas y pañuelos que había allí dentro, abrió distraídamente una bolsa y se topó de frente con una calavera.

—¡¿Y esto qué hace aquí?! —exclamó para sí mismo el padre de Óscar.

No fue una sorpresa acompañada de miedo o repulsión. Para alguien que vendía todo tipo de material morboso y sanguinolento, un cráneo más o un cráneo menos no suponía ningún susto. Fue la sorpresa de alguien que no recordaba llevar encima ese material y que no entendía qué hacía en esa caja. El padre de Óscar pensó que lo habría puesto allí su mujer; que tal vez era un nuevo producto que había dejado en la tienda uno de aquellos representantes de las fábricas que les suministraban.

«Pues sí que está bien hecho —pensó el padre de Óscar—, cualquiera diría que es de verdad». Llegó a preguntarse si sería auténtico, pero quiso quitarse esa idea de la cabeza recordando que las empresas especializadas cada vez hacían productos más terroríficamente reales. Aun así, aquella calavera parecía puro hueso y aquello le llenaba de dudas. Pero ante la incertidumbre se impuso su instinto comercial: el padre de Óscar pensó que aquello podía valer unos cuantos euros. Tal vez el Festival

Abstracto de Cuenca no era el mejor sitio para ofrecer ese material, pero sin duda podía tener salida en su próximo destino, en Teruel, donde la fiesta era de carácter medieval. Así que dejó la calavera de Bécquer donde la había encontrado, sin imaginar ni remotamente a quién acababa de tener entre las manos.

Mientras tanto, en otro punto de la ciudad, tras una noche extenuante, Óscar se había rendido por fin y había admitido que Eduardo se presentara ante la policía para denunciar el robo del coche. Los dos habían convenido en que era mejor que sólo entrara en el cuartelillo el propietario. Si había problemas, al menos uno de los dos quedaría exento. A Óscar aquello le producía mala conciencia, pero Eduardo le había convencido.

—Ya has sufrido demasiado por mí y no sabes cómo te lo agradezco —le dijo a su amigo—. Seguro que no va a pasar nada, pero si pasara, yo no tengo escapatoria y tú sí. Tú no eres el dueño y no tienen por qué relacionarte con el coche.

Óscar se rindió a la evidencia. Concretaron una esquina en la que juntarse después, si no había ningún problema por medio, y mientras

Óscar se encaminaba al punto elegido, Eduardo se dirigió a denunciar la desaparición del vehículo. Diez minutos después estaba fuera.

Cuando Óscar le vio venir, relajado y sonriente, se sorprendió por la rapidez.

—¿Ya has acabado? Si no habrás tenido tiempo ni de rellenar la denuncia...

—Coche retirado de la vía pública por entorpecer el paso de una procesión popular —recitó Eduardo agitando un papel que llevaba en la mano—. Se lo llevó la grúa y hay que recogerlo en el depósito municipal.

Óscar se enfadó de veras. Dijo que estaban gafados. Que los guardias municipales de toda España se habían puesto de acuerdo para amargarle la vida. Que casi preferiría que hubieran sido unos ladrones antes que pasar por aquella humillación.

Eduardo hizo todo lo posible por tranquilizarle mientras se dirigían a buscar el coche; y luego se calmaron los dos al ver que nadie había tocado nada y que todo estaba en su sitio. Tanto se relajaron después de aquello que lo único que les dio tiempo a hacer fue conducir hasta una arboleda de las afueras de Cuenca, donde estacionaron el coche, reclinaron los asientos y se pusieron a dormir como niños para recuperarse del último sobresalto y de una noche fatal.

Los primeros días después del suceso, el párroco de la Anunciación se resistió a recibir a los distintos agentes comerciales que llegaban para proponerle diferentes iniciativas que, según decían, podían resultar muy beneficiosas para el templo que administraba. Al final no le quedó más remedio que ceder, poner un poco de orden y atenderlos de uno en uno para escuchar sus propuestas.

El primero de ellos representaba a una empresa de máquinas recreativas cuyos directivos habían ideado una variante de sus tradicionales tragaperras adaptada al contexto becqueriano.

—El mecanismo es muy sencillo —explicaba el comercial—. El usuario mete una moneda y empiezan a girar las tres ruletas, una con la cara de Bécquer, otra con un corazón y otra con una calavera.

—¿Corazones y calaveras? —preguntó el párroco, extrañado.

—Sí, padre, sí: amor y muerte, la esencia del romanticismo. Como le decía, hay que venderlo como una manera lúdica y a la vez romántica de ayudar al mantenimiento del templo.

—Pero, entonces, ¿es una máquina de limosnas?

—Exacto, pero con un concepto totalmente moderno. Es la limosna del siglo XXI. Se trata de dar algún aliciente más a quien ejerce la caridad. Que además de tranquilizar su conciencia pueda jugar un poco y tenga la posibilidad de llevarse algún premio.

—¿Qué premios? —preguntó el cura.

—Verá: si salen las figuras mezcladas, no hay ninguna recompensa; pero si salen los tres corazones, la máquina entrega una rima de Bécquer; si salen las tres calaveras, entonces expende una leyenda; y si lo que salen son las tres caras del poeta, entonces la máquina regala una insignia de solapa, un pin con la cara de Bécquer.

—¿Y pretende que instale ese cacharro aquí dentro?

—No es necesario: podemos ponerlo en la puerta, como las máquinas expendedoras de refrescos que hay en algunas calles.

—¿Y ustedes qué ganan con ello?

—Nos quedamos con un pequeño porcentaje de lo que ingrese la máquina. Digamos, un cuarenta por ciento. Lo normal para gastos de reposición y mantenimiento. Pero piense en lo que puede salir ganando su iglesia. Tenga en cuenta que jugamos con varios factores irresistibles: la ola de simpatía que ha despertado el robo de los huesos, el romanticismo innato de los sevillanos, la afición por el juego de muchísima gente que es capaz de echar un euro detrás de otro sólo por el orgullo de sacarle algo a la máquina...

Mientras el párroco escuchaba aquella larga explicación, sin ser ni la mitad de optimista que aquel comercial, en otro lugar de Sevilla, Juan Ricardo Adamonte también estaba ocupado en tareas comerciales. En su caso, como el artista que nunca podía dejar de ser, la decisión sobre los servicios que debía contratar también se convertía en una especie de *casting*.

Juanri y sus asesores recibían la visita de los representantes de distintas marcas comerciales interesadas en colaborar de alguna manera en el Gran Festival Becqueriano. La gran batalla estaba planteada en torno a quién se adjudicaría el servicio de las muchas barras de bar que se instalarían por todo el recinto del festival. Grandes empresas de distribución de bebidas se disputaban una contrata que podía dejarles suculentos beneficios. Pero, como advertía Juanri, «quien algo quiere, algo le cuesta», así que antes de dar cualquier paso legal era imprescindible convencerle a él.

—Vamos a ver —decía Juanri al representante de la cuarta empresa que examinaba ese día—; vosotros ¿qué ofrecéis?

—Cincuenta barras distribuidas por todo el recinto, cada una de ellas con cuatro cámaras frigoríficas llenas de refrescos, dos surtidores de cerveza, un armario de licores, bandejas de bocadillos, expositores con patatas fritas y otros aperitivos, expositores con bollería industrial y otros pequeños detalles como chicles, caramelos, etcétera, etcétera.

—¿Qué más?

—Camareros y camareras seleccionados en las diferentes escuelas de modelos de Sevilla.

—Eso está bien. ¿Algo más?

—Decoración de las barras al estilo del siglo XIX y camareros vestidos al estilo neorromántico.

—Bien, bien...

—Una edición especial de nuestra cerveza con etiquetas de Bécquer...

—Todo eso está muy bien —dijo Juanri—, pero no sé, sigo echando en falta algo.

—Además del porcentaje de beneficios que estipule el Ayuntamiento, destinaríamos un diez por ciento al fondo de compensación que nos indique. Ya me entiende.

—¿Ha dicho quince por ciento?

—Bueno, he dicho... eeh, sí, bueno, eso mismo, quince por ciento.

—Bien, bien —sonrió Juanri—, parece que ya empezamos a entendernos.

Quien seguía sin entender nada era el párroco de la Anunciación. Después del representante de las tragaperras, le había tocado atender al comercial de una importante empresa audiovisual, una empresa puntera en nuevas tecnologías. Y en este caso el proyecto era mucho más ambicioso.

—Lo que nosotros le proponemos es crear el fantasma de Bécquer —decía aquel hombre ante un párroco desconcertado—. Una iglesia con fantasma gana muchos visitantes. Piense en los castillos escoceses.

—¿Qué pasa en los castillos escoceses?

—Que todos viven de sus fantasmas. La gente va a verlos, incluso se aloja en ellos, por el morbo de sus fantasmas. Hasta el monstruo del lago Ness es un fantasma, pero todo el mundo ha oído hablar de él y millones de personas visitan Escocia sólo por esa fama.

—¿Y qué tiene que ver Sevilla con Escocia?

—Todo, padre; a estas alturas todo tiene que ver con todo. Vivimos en un mundo global y los gustos son parecidos en todas partes. La gente quiere pasar miedo y quiere ver fantasmas, y usted tiene una oportunidad única para aprovecharse de eso.

—Pero ¡¿cómo?! ¡No entiendo nada!

—Es muy fácil. Lo que nosotros proponemos es un juego virtual. Un miedo controlado, como el que llena los cines donde se proyectan películas de terror. Se trata de un artefacto visual basado en hologramas que harían aparecer la figura de Bécquer en distintas partes del templo, súbitamente, de forma inesperada, provocando el sobresalto de los visitantes.

—Pero ¡usted quiere asustar a mis feligreses! ¿No sabe que hay muchas mujeres mayores que pueden sufrir un infarto?

—Créame, padre, a la gente le encanta que la asusten; incluso a las señoras mayores. Además, dígame la verdad, ¿cuánta gente viene a misa?

—Poca —reconoció el párroco, torciendo el gesto—; cada vez menos.

—Pues imagínese que se corre la voz de que durante sus misas, a veces, en la penumbra, se ve vagar un espectro vaporoso, el espectro del alma de Bécquer. Le garantizo que en pocas semanas tiene esto a reventar de gente. ¡La primera misa del mundo con efectos especiales! Piénselo. Tiene todas las de ganar.

—Pues no veo dónde está el beneficio.

—En el cepillo, padre, en la cestita para la limosna que pasaremos cuando la iglesia esté repleta. Por cada euro que saque ahora, yo le garantizo que habrá cien. Luego es cuestión de ajustar un reparto equitativo entre su parroquia y nuestra empresa, y aquí paz y después gloria.

Las últimas palabras fueron las que más gustaron al párroco. Paz y gloria. Sobre todo paz, que era lo que más necesitaba después de escuchar tantas propuestas asombrosas que le estaban poniendo la cabeza como un tambor.

Óscar había decidido conducir un rato por hacer algo que le mantuviera entretenido; algo mejor que mirar el paisaje y darle vueltas a la cabeza pensando en todo lo que había pasado en los últimos días y, lo que era peor, en todo lo que le podía pasar en los días siguientes. Porque no era capaz de dejar solo a Eduardo y la persecución continuaba, esta vez camino de Teruel, lugar en el que, según su madre, se hallaba el nuevo destino de su padre.

Transitaban despacio, por una carretera sinuosa, cuando su móvil le avisó de que había entrado un mensaje. Entre las curvas y el riesgo de una multa, no era el mejor momento para consultar quién se ponía en contacto con él y qué quería contarle, pero tampoco iba a esperar a que hicieran una parada para salir de dudas, así que sacó el móvil del bolsillo de la camisa y se lo pasó a Eduardo para que viera el nombre del remitente.

—¡¡Dafne!! —exclamó su amigo.

—¡Qué pesado estás! —se enfadó Óscar—. ¡¿Puedes olvidarte un momento de tu chica y decirme quién me manda el mensaje?!

—¡Ya te lo he dicho! —dijo Eduardo—. ¡Dafne! ¡La que te manda el mensaje es Dafne!

—¡No!

—Eso pone aquí.

—Se habrá equivocado —dijo Óscar mientras buscaba una explicación—. Tendrás tu teléfono sin batería o sin cobertura y por eso se dirige a mí.

Eduardo miró su móvil de reojo y comprobó que estaba perfectamente operativo.

—Por eso no es...

—Pues no lo entiendo. ¡Mira a ver qué dice!

Con la prevención de quien se asoma a un buzón ajeno, y todavía con la sorpresa de que su novia contactara con su mejor amigo, Eduardo abrió el mensaje y lo que vio le sorprendió aún más. Tanto que enmudeció.

—¡¿Qué dice!? —preguntó Óscar completamente intrigado—. ¡¿Quieres hacer el favor de decirme qué pasa?!

Eduardo tragó saliva y leyó el mensaje:

—«Tengo que hablar contigo. Avísame cuando no esté Eduardo».

Óscar pegó un frenazo. Por suerte no venía nadie por detrás. Frenó bruscamente y se metió en el arcén pegándose a la cuneta.

—¡Debe de ser un error! —dijo Óscar—. Seguro que te lo quería mandar a ti y se ha equivocado.

—Pues no sé, pero dice «avísame cuando no esté Eduardo».

—Querría decir «avísame cuando no esté Óscar».

—Lo mejor para salir de dudas es que la llames.

—¡De eso nada! —exclamó Óscar, sintiéndose ofendido—. Llámala tú que para eso es tu novia.

—Pero quiere hablar contigo —insistió Eduardo.

—Pues que hable primero contigo y que te lo explique.

—Por lo que dice el mensaje, eso es justo lo que no quiere.

Óscar estaba indignado. Eduardo, más bien sorprendido. Óscar pensaba que lo peor que podía pasarle, peor aún que ser perseguido por los municipales de toda España, era verse metido en un lío de pareja. Eduardo pensaba que lo peor que podía pasarle, peor incluso que ir a la cárcel por su delito romántico, era que Dafne se hubiera fijado en su mejor amigo. Óscar estaba abrumado. Eduardo, entristecido. Óscar no tenía ningún deseo de hablar con Dafne. Eduardo se moría de ganas de hablar con ella y preguntarle qué estaba pasando, pero a la vez crecía en su interior el miedo a una decepción, a una mala noticia.

No podían quedarse todo el día parados en aquel arcén, discutiendo qué debían hacer. Óscar acabó por admitir que debía llamar a Dafne para aclarar aquello, pero puso una condición: Eduardo permanecería junto a él y escucharía todo. No quería dar explicaciones posteriores que pudieran suscitar suspicacias o resentimientos. Los dos saldrían de dudas a la vez, en vivo y en directo. Eduardo aceptó el trato, aun con miedo de asistir a un diálogo que podía romperle el corazón. No había otra alternativa.

Óscar buscó en la agenda el número de Dafne, marcó y activó la función de altavoz del teléfono. A los dos se les aceleró el pulso. Escucharon la señal de llamada una vez, dos, tres. Óscar estaba rogando que saltara el buzón de voz, pero lo que saltó entonces a primer plano fue la voz de Dafne.

—¡Hola, Óscar! ¡Qué bien! ¡Qué pronto llamas! —dijo la chica con indudable alegría—. ¿Has podido darle esquinazo a Eduardo?

El aludido sintió que empezaba a abrirse una grieta en su pecho y Óscar estuvo a punto de colgar ahí mismo, hacer como que perdía la cobertura y no arriesgarse a entrar en un lío que podía acabar mal para todos. Pero Eduardo, que hacía de tripas corazón, le hizo un gesto para que respondiera.

—Sí, bueno, Edu ha ido a hacer unas cosas...

—Perfecto —le interrumpió Dafne—. Pues te cuento rápido antes de que vuelva. Dime dónde vais a estar alojados mañana y pasado porque quiero ir a darle una sorpresa a Eduardo.

Todo cambió de repente. Óscar dejó escapar un suspiro de alivio y Eduardo tuvo que contenerse para no gritar de alegría. Óscar se relajó y Eduardo se excitó muchísimo. Óscar se quedó callado y Eduardo se moría de ganas de coger el teléfono y decirle a su chica lo mucho que la quería. Pero ese instante de alivio para los dos amigos se convirtió en un silencio que extrañó a Dafne y le hizo pensar que se había cortado la comunicación.

—¿Óscar? —preguntó la chica—. ¿Estás ahí? ¿Se ha cortado?

—No, no. Quiero decir, sí, sí... —reaccionó Óscar—. Estoy aquí. Es que hay poca cobertura.

—¿Poca cobertura en Madrid? —se extrañó Dafne—. ¡Qué raro!

Ahí fue cuando Óscar y Eduardo se dieron cuenta de que habían superado la primera incertidumbre, pero se abría otra mucho más grande: qué decirle a Dafne para mantenerla engañada sobre lo que realmente estaban haciendo en su viaje. Óscar improvisó lo primero que le vino a la cabeza para intentar disuadirla.

—Pues es que seguramente nos volveremos pronto a Sevilla.

—Pronto, ¿cuándo? ¿Mañana? ¿Pasado mañana?

Óscar no sabía qué decir y Eduardo no podía ayudarle. Los dos se miraron y ambos se encogieron de hombros. Óscar empezó a titubear y a resultar cada vez menos convincente. Dijo que no sabía exactamente cuándo regresaban, no supo especificar en qué lugar se encontraban, se mostró impreciso sobre el plan de visitas que supuestamente estaban realizando.

Aquello empezó a resultar muy extraño a Dafne. Cada frase de Óscar elevaba un grado su desconfianza. Le daba la impresión de que Óscar intentaba ocultarle algo, y ese algo sólo podía estar relacionado con Eduardo. En pocos minutos habían cambiado los papeles: Eduardo estaba eufórico por aquella demostración de afecto de su chica, pero Dafne presentía que la estaban engañando, se decía a sí misma que su novio lo pagaría muy caro si pretendía jugar con ella y se fijaba el objetivo de averiguar cuanto antes lo que estaba pasando.

Al inspector Ruiz no le apetecía estar mucho tiempo en la comisaría, en parte porque el comisario pasaba bastante de él y en parte porque se cansaba de las bromas de sus compañeros.

—Oye, Ruiz —le decía un inspector al cruzarse con él—, yo creo que deberías investigar entre los bailarines.

—¿Bailarines? ¿Por qué? —preguntaba Ruiz, extrañado.

—Hombre, porque está claro que al autor del robo se le da bien mover el esqueleto.

El que hacía el comentario estallaba en carcajadas, pero a Ruiz no le hacía ninguna gracia. Y menos cuando luego llegaba otro que le proponía investigar entre los cocineros por si habían cogido los huesos para hacer caldo, otro que decía que le multarían si seguía yendo por ahí a tumba abierta y otro que le preguntaba si la cosa estaba fría, caliente, tibia... o peroné.

Ruiz no aguantaba más a los chistosos y se buscó una excusa para permanecer muchas horas fuera de la comisaría. Decidió investigar la pista de las llaves que habían aparecido en la iglesia de la Anunciación. Buscó en internet el listado de todas las ferreterías de Sevilla, trazó una hoja de ruta y salió dispuesto a recorrerlas una por una hasta dar con aquella donde vieran algún indicio de haber podido hacer allí las copias.

Mientras el inspector emprendía una tarea inútil, porque aquellas llaves se habían copiado en un establecimiento del pueblo de Eduardo, Leo Rivas preparaba con su equipo otra edición especial de *Ultramundo*.

—Ha llegado el momento de movilizar a la audiencia —dijo Leo ante su equipo—.

Ha llegado la hora de la colaboración ciudadana.

Rivas comentó que quería una demostración de poderío, un programa que galvanizara a toda España.

—¿Quieres decir un programa cara al público en un gran recinto? —preguntó una de las productoras.

—No. Mucho más que eso. Quiero a miles de personas buscando a un poeta. Convocaremos una *Alerta Bécquer*: grandes concentraciones en lugares emblemáticos. Sitios repartidos por toda España que tengan algo que ver con Gustavo Adolfo Bécquer. Palacios, castillos, monasterios, cementerios, muchos cementerios. Buscad ahora mismo todas las referencias que podáis encontrar. En cualquier sitio donde Bécquer plantara un pie, allí estará *Ultramundo*. Allí estarán nuestros seguidores haciendo vigilia, buscando el aura del poeta, realizando psicofonías, sesiones de espiritismo, invocaciones a los ángeles y a los demonios, misas negras, lo que haga falta. Tenemos que estremecer a este país, hacerlo temblar de arriba abajo, desde el rey hasta el último mendigo, de norte a sur y de este a oeste. Y no podemos esperar. ¡Hay que hacerlo ya!

Otra que no podía esperar era la mujer de Ruiz. Cuando el inspector llegó a su casa, exhausto tras caminar de ferretería en ferretería, Carmen estaba ansiosa por comentarle sus últimas conjeturas.

—Julio, creo que he descubierto otro dato interesante.

—¿Ah, sí? —A pesar del agotamiento, el inspector mostró interés por lo que le decía su esposa—. Cuenta, cuenta.

—He averiguado que a Bécquer le llamaron Gustavo Adolfo por los reyes de Suecia.

—¡Ah! Curioso.

—Pues sí. Resulta que Gustavo Adolfo es el nombre más repetido en la corona sueca y a él le bautizaron así por esa circunstancia. La pregunta es: ¿qué se oculta tras este dato?

—¿Y qué se esconde?

—Todavía no lo sé, pero debemos investigarlo. Tenemos que seguir la pista sueca.

—¿Dónde?

—¡Dónde va a ser! En lo más sueco que tenemos en Sevilla: ¡en Ikea!

El inspector Ruiz suspiró. Aunque nada le

apetecía más que pasar la tarde descansando, tirado en el sofá, supo que le iba a tocar pasarla mirando muebles y que probablemente volvería a su casa con una estantería que le costaría un buen rato montar.

Estaban a pocos kilómetros de Teruel y se sintieron como en el lejano oeste americano.

—¿Has visto eso? —señaló Eduardo.

Frente a ellos, unos montes de un intenso color rojizo y blanco, un gran cortado vertical recorrido por estrías fruto de la erosión del viento y el agua.

—Sí —dijo Óscar—. Parece que estamos en Arizona y que en cualquier momento van a salir por un lado los sioux y por el otro, el Séptimo de Caballería.

Pero esa percepción cinematográfica de Óscar cambió pocos minutos después, cuando enfilaban las primeras calles de Teruel. Entonces dejó de pensar en películas del oeste y le vinieron a la cabeza otras cosas: las Cruzadas, el Cid, el rey Arturo y los caballeros de la Mesa Redonda. De repente, todo se volvió medieval a su alrededor. Las personas que circulaban por las calles iban vestidas como guerreros, comerciantes, artesanos, clérigos o damas del siglo XIII. Por toda la ciudad se veían grandes tiendas de campaña hechas con ricas telas o con pieles curtidas, adornadas con escudos y estandartes, cada una ocupada por una orden religiosa, una orden militar, una familia o un gremio distinto. Hombres, mujeres y niños vestían como sus antepasados de ochocientos años atrás.

Cuando dejaron el coche en un aparcamiento subterráneo, y comenzaron a callejear en busca del espacio donde pudiera hallarse el padre de Óscar con su tenderete, los dos amigos se sintieron extraños por vestir de manera normal. Sus pantalones vaqueros contrastaban con las túnicas, las capas y las cotas de malla que lucía todo el mundo alrededor.

—Me temo que va a haber que buscar un traje —dijo Eduardo.

—¡Ni hablar! —replicó Óscar—. Yo no me vuelvo a camuflar.

—Es que así llamamos mucho la atención.

—Da igual. Vamos vestidos de turistas, que también es un uniforme.

—Para ir de turistas nos falta un gorro, la cámara de fotos...

—Las fotos las hacemos con el móvil, y el gorro no es necesario con estas nubes.

Óscar señaló al cielo, pero Eduardo se quedó mirando hacia el suelo. Pensaba que estaba obligado a complacer a su amigo, que quizá a los dos les vendría bien dar un paseo, relajarse un poco, no obsesionarse con ponerse de inmediato a buscar la escurridiza calavera del poeta. Si no lo hacían hoy, ya lo harían mañana. Además se sentía bien, reconfortado por esa prueba de cariño que había sido la llamada de Dafne. Él partía con la ventaja de hacer todo aquello por amor, de tener un objetivo en la vida, de estar cumpliendo un sueño, de hacer algo único, irrepetible, heroico. Pero comprendía que nada de eso alimentaba los sentimientos de su amigo, que Óscar no tenía nada que le llenara con esa plenitud, y que debía recompensar su lealtad no presionándole.

Así que siguieron paseando, aparentemente sin rumbo, curioseando entre la multitud, apreciando los ricos tocados de quienes representaban el papel de la nobleza y estremeciéndose ante los harapos de quienes ejercían de mendigos, de locos y de endemoniados. Parecía que no iban a ningún lugar en concreto, al menos eso creía Óscar, pero en realidad Eduardo le conducía sutilmente hacia un espacio que había visto anunciado y por el que sentía un especial interés: la tumba de los Amantes de Teruel.

Así pasaron por donde estaban los esparteros, los esquiladores, los caldereros, los aguadores, los Caballeros Santiaguistas, los escribanos del Concejo y la Cofradía de los Santos Médicos, y en ese ir y venir por aquellos mundos medievales aparecieron ante una iglesia y Eduardo propuso entrar. A Óscar le pareció bien. Era la iglesia de San Pedro. Los sorprendió por su grandiosidad y por el colorido bizantino de su espectacular decoración interior. Nunca habían visto otra igual. No se parecía a ninguna iglesia de Sevilla ni de ningún otro lugar donde hubieran estado antes.

Óscar estaba impresionado y se fue dejando arrastrar por Eduardo hasta que desembocaron en el sitio al que éste quería llegar.

—¡Ahí están! —dijo Eduardo muy excitado.

—¿Quiénes?

—¡Quiénes van a ser! ¡Los Amantes de Teruel!

Frente a ellos había un mausoleo iluminado de forma tenue. Dos esculturas de alabastro yacían sobre sendos catafalcos del mismo material. La figura de un hombre y de una mujer. La mano izquierda de la mujer se acercaba a la mano derecha del hombre, pero no llegaban a tocarse.

—¿Por qué están así? —preguntó Óscar.

—Según me contó Dafne, porque no pudieron consumar su amor.

—O sea, que no llegaron a acostarse juntos.

—Peor que eso; ni siquiera pudieron besarse.

—¿Y de qué murieron?

—De eso.

—¿De la frustración?

—No, hombre, murieron de amor. Se querían tanto que, al no poder estar juntos, el amor los fulminó.

—Quieres decir que el amor te puede matar como si fuese un rayo...

—Más o menos.

—Pues entonces mejor alejarse cuando veas venir una tormenta. Que era lo que tenías que haber hecho tú cuando Dafne empezó a camelarte. Así nos hubiéramos ahorrado este lío que nos va a matar a los dos. Y a mí, no precisamente de amor.

Eduardo no tuvo en cuenta esas palabras de su amigo. Casi no le escuchó. Estaba fascinado por aquel lugar, sin duda mucho más hermoso que los cementerios a los que Dafne le llevaba para pintar. Pero allí la muerte también estaba muy presente. Sólo tuvieron que agacharse y mirar por debajo de las esculturas para comprobarlo.

—¡Pero si aquí hay un esqueleto! —exclamó Óscar, sorprendido.

—Sí —confirmó Eduardo—. Y aquí, otro —dijo señalando donde estaba él.

—¿Los esqueletos de los Amantes? —preguntó Óscar.

—Pues sí. Aparecieron en esta iglesia y aquí se han quedado para siempre.

Óscar se agachó otra vez y contempló la calavera de la mujer. El resto del esqueleto estaba tapado con una sábana. De repente, una idea cruzó su cabeza, se incorporó y se dirigió a su amigo:

—¡Oye! ¿No me habrás traído aquí con la intención de llevarte también a éstos?

—No, no, tranquilo —le serenó Eduardo—. Están muy bien aquí.

—Pues venga —le apremió Óscar—; vámonos antes de que cambies de idea. Que me parece que a ti empiezan a excitarte mucho las calaveras.

Salieron del mausoleo y en su camino hacia la calle pasaron por la tienda donde vendían objetos de recuerdo relacionados con los Amantes de Teruel. Eduardo se detuvo ante una pared adornada con corazones. Allí había papel y bolígrafo para que las parejas pudieran dejar algún mensaje. Eduardo no pudo resistirse.

Escribió su nombre y el de Dafne en un papel y lo prendió de uno de aquellos corazones. Mientras tanto, Óscar observaba el panel de enfrente, donde aparecían los nombres de varias parejas legendarias: Marco Antonio y Cleopatra, Alonso y Omersinda, Tristán e Isolda, Romeo y Julieta, Tazgona y Muhamad, Calixto y Melibea, Otelo y Desdémona.

Aprovechando que estaba allí uno de los guías del recinto, Óscar le preguntó por aquellos nombres.

—¿Todos éstos fueron como los Amantes de Teruel?

—Más o menos.

—O sea, que todos cayeron fulminados por un rayo de amor.

—Bueno, en realidad la mayoría se suicidaron.

Óscar se giró y se dirigió a Eduardo.

—¡Ya ves qué bonito es el amor! Espero que tú no acabes como ellos.

—Bueno —intervino el guía—, la verdad es que muchos de ellos sólo son personajes literarios.

—Pues entonces los escritores que los inventaron eran unos sádicos —se quejó Óscar—. Por el mismo trabajo que les costó matarlos, podían haber acabado la historia con aquello de «fueron felices y comieron perdices». ¿O es que eso no es romántico?

El guía estaba un poco sorprendido. Óscar parecía realmente enfadado con el destino trágico de todos aquellos personajes. Eduardo le dijo que también se escribían historias de amor con final feliz.

—Ah, ¿sí? ¡Dime una!

—Pues *Cenicienta*, *Blancanieves*, *La Bella y la Bestia*...

—Tú me estás hablando de dibujos animados.

—Pero antes fueron libros.

—¡Cuentos! ¡Cuentos para niños! Pero en cuanto creces, ya ves cómo se pone la cosa. ¡Muertos por todas partes!

El guía intuyó que Óscar no iba a comprar ningún recuerdo de los Amantes. Eduardo lo habría hecho, pero viendo cómo crecía la indignación de su amigo hacia los amores románticos, pensó que lo mejor era marcharse de allí. Una vez en el exterior, cuando se reencontraron con la multitud medieval, mientras caminaban entre las jaimas donde se cocinaba y los vistosos puestos del mercado, Eduardo recordó otras cosas de Teruel y se le ocurrió un plan que podía agradar más a Óscar.

—Luego, si quieres, vamos a ver Dinópolis —propuso Eduardo.

—¿Dinópolis? ¿Te parece que entre Bécquer y los Amantes hemos visto pocos huesos? Pues mira, me apetece, pero casi mejor no vamos. Con la fiebre que te ha entrado por los esqueletos, lo mismo salimos de allí arrastrando el fémur de un Tiranosaurius Rex. ¡Y ya lo que me faltaba!

Eduardo no contestó, pero se quedó pensando que no sería mala prueba de amor ofrecer a su chica algún capricho jurásico.

Dafne se había quedado intranquila tras la conversación con Óscar. Había notado claramente que el amigo de Eduardo le ocultaba algo. ¿Y qué se puede ocultar a la pareja de un amigo? Una infidelidad. «Eso es lo que se esconde en el noventa y nueve por ciento de los casos», pensaba Dafne.

Tras esos pensamientos, Dafne se arrepentía. En realidad, Eduardo no le había dado ningún motivo para pensarlo. Era atento y cariñoso, incluso se estaba convirtiendo en un gran romántico por influencia de ella, por lo mucho que aprendía a su lado. «Lo absorbe todo con tanta pasión», pensó recordando sus paseos juntos por el cementerio, las tertulias con artistas, los libros que ella le dejaba y que Eduardo devoraba en pocos días. No; en realidad no le había dado pie a pensar nada malo de él, pero al mismo tiempo su ausencia se prolongaba demasiados días para tratarse de un viaje académico. ¿Y si Eduardo había intimado con una compañera de estudios y había decidido prolongar la excursión por su cuenta?

Dafne hacía esfuerzos por quitarse esa idea de la cabeza. Eduardo llevaba varios años en la facultad, conocía desde hacía demasiado tiempo a sus compañeras de curso como para que de repente surgiera un chispazo con alguna de ellas. Aunque, claro, por otra parte no es lo mismo estar en la universidad que andar por ahí, fuera de casa. Ya se sabe: una cena, unas copas, un mismo hotel, una invitación a seguir la charla en la habitación, una insinuación, una noche loca.

Loca era como se estaba volviendo ella por pensar una cosa y enseguida la contraria. No podía seguir así. Decidió que debía visitar la Facultad de Ciencias de la Educación y salir de dudas.

Cuando llegó allí, Dafne buscó a los alumnos de Ciencias de la Actividad Física y el Deporte, indagó entre los compañeros de Óscar y Eduardo, preguntó cuándo volvía el grupo que se había desplazado a Madrid para visitar centros deportivos y, después de varias consultas infructuosas, por fin dio con alguien que le dijo exactamente lo que no quería oír: que no había ningún viaje organizado en ese trimestre, que las clases seguían su curso normal y que nadie sabía por qué aquellos dos llevaban varios días sin asistir.

Eso era aún más desconcertante. Por una parte, eliminaba sus temores a que hubiera tenido un flechazo con una compañera de curso, pero, por otra, aumentaba la magnitud del engaño: si no participaban en un desplazamiento organizado por la facultad, entonces todo había sido una mentira desde el primer día. Pero ¿por qué? ¿Por qué los dos amigos? ¿Acaso disfrutaban de una gran juerga juntos?

Dafne estaba enojada y, al mismo tiempo, sumida en un enorme desconcierto. No podía esperar más para salir de dudas. A ella no le iba el disimulo. Necesitaba tenerlo todo muy claro. Así que buscó un rincón tranquilo y llamó a Eduardo.

—¡Hola! —dijo su novio al coger la llamada—. ¡Qué alegría que me llames! Precisamente ahora pensaba llamarte yo.

—¿Dónde estás, Eduardo? —el tono de Dafne no era cariñoso.

—En Madrid.

—¡Mentira!

—¿Eh? ¿Por qué lo dices?

—Porque he estado en tu facultad y no hay ningún viaje de estudios a Madrid. No esperaba esto de ti.

—Espera, Dafne; te lo puedo explicar...

—Pensaba que eras diferente, pero al final todos sois iguales...

—Que no, de verdad, que no es lo que te piensas...

—Pensaba que eras amable y romántico...

—Déjame que te explique...

—Pensaba que podíamos vivir grandes cosas juntos...

—Dafne, te juro que...

—Pensaba que eras un chico especial...

—¡Dafne, escúchame un momento! ¡Claro que soy romántico! ¡Fíjate si soy romántico que he robado los restos de Bécquer por ti!

Dafne se quedó muda. Pensó que no había oído bien. Que no podía ser cierto lo que había escuchado. Que debía de haber un cruce de cables.

—¿Dafne? ¿Sigues ahí? —preguntó Eduardo al no percibirla al otro lado.

—Sí, sí... —titubeó ella—. ¿Qué has dicho de Bécquer?

—Que lo he liberado de su tumba por ti, para llevarlo al Moncayo como tú decías y para hacerte una demostración de lo mucho que te quiero.

—Supongo que es una broma, ¿no?

—No es una broma. Óscar me está ayudando. Lo que pasa es que hemos tenido un pequeño contratiempo y todavía no hemos podido llevar sus restos a Trasmoz. Pero ya estamos cerca.

—Pero ¡tú estás loco!

—Loco de amor.

—¡Loco de atar!

—Sí, pero de atarme a ti para siempre.

—Bueno, bueno. —Dafne empezaba a sentir un pequeño ataque de ansiedad—. Déjame que asimile esto. Tengo que recuperarme de la sorpresa. Necesito tomar algo. Ya te volveré a llamar.

No era la reacción que esperaba Eduardo. Claro que él tampoco había previsto tener que contarlo así, con precipitación y con la frialdad del teléfono. Él había soñado con volver como un héroe y contarlo cara a cara. Pero ahora se angustiaba ante la posibilidad de que su chica le diera la espalda y que lo único que tuviera que escuchar cara a cara fueran los reproches de Óscar por haberle metido en aquello para nada.

Teruel es una ciudad pequeña, con un centro urbano compacto y muy manejable. Así que una vez ubicados, relajados y cultivados en los saberes de la Edad Media, de los amores trágicos y hasta de los dinosaurios, al segundo día de vagar por allí sin rumbo fijo, Eduardo y Óscar encontraron la furgoneta que venían persiguiendo desde Sevilla.

Óscar se alegró mucho. Eduardo, no tanto. No es que hubieran invertido los papeles, simplemente Eduardo estaba algo desmoralizado tras la conversación con Dafne y a Óscar le apremiaba liberar a su padre de la responsabilidad de cargar con el cráneo de Bécquer. Mucho más ahora que Eduardo había tenido la debilidad de contárselo a su novia antes de culminar la operación en la que se había embarcado.

—Tan valiente para meternos en esto y tan blando para explicárselo a tu chica —le había reprochado Óscar—. ¡Ojalá hubiera sido al revés!

Eduardo ni siquiera le había replicado. En las últimas horas se mostraba como un hombre derrotado y sumiso. Óscar no había tenido más remedio que tomar el mando de la operación.

Cuando encontraron la furgoneta, le dijo a Eduardo que vigilara, sacó las llaves que le había robado a su padre en Cuenca, abrió el vehículo y entró rápidamente para buscar la caja donde recordaba haber metido la calavera.

Tenía buena memoria. La vio enseguida. Fue directo a por ella. Revolvió lo que había dentro y, para su desesperación, sólo encontró máscaras, antifaces, capuchas, pañuelos y pelucas. Ni rastro de la calavera del poeta. Empezó a ponerse nervioso. No tenía ninguna duda de que aquélla era la caja correcta. No obstante, cabía una pequeña posibilidad de que le traicionara la memoria. Abrió otra caja. Nada. Empezó a abrir todas las cajas como loco, y en todas el mismo resultado: un arsenal de bromas y disfraces, un enorme surtido de prendas y complementos, pero por ninguna parte lo que ellos habían escondido. Los huesos que rodeaban el cerebro que un día había ingeniado los versos más románticos habían desaparecido de allí. Ni occipital ni parietales, ni frontal ni temporales. Tampoco los pómulos ni los maxilares. De la calavera de Bécquer lo único que quedaba era el vacío. Un hueco que en el caso de Eduardo y Óscar se convertía en pánico.

—¡¿Y ahora qué hacemos?! —exclamó Óscar.

—Habrá que preguntarle a tu padre —sugirió Eduardo.

—¿Tú estás loco? ¿Qué quieres que le diga?

—No te preocupes. —Eduardo se puso solemne—. Yo me encargaré de todo. Me responsabilizaré ante tu padre y diré que te engañé, que lo hice todo a tus espaldas: robar los huesos, esconderlos en el almacén mientras te acompañaba...

—No digas tonterías.

—Sí, Óscar, no me queda más remedio que admitir el fracaso. Primero perdí las llaves, luego perdí la calavera, ahora creo que estoy perdiendo a Dafne. No merece la pena seguir. Me rendiré y haré lo posible para que nada de esto te salpique.

Óscar no sabía si darle un abrazo o una bofetada. No sabía si expresarle su afecto o sacudirle para que saliera de esos pensamientos pesimistas. Lo único que parecía claro era que tenían que buscar a su padre, que ésa era la única forma de saber adónde había ido a parar el pequeño tesoro que perseguían.

Cerraron la furgoneta y echaron a andar sin tener claro qué harían una vez que se encontraran con él. Eduardo insistía en que se presentaría y daría la cara. Óscar le decía que se callase, que pensara en otra cosa, que habría mejores alternativas. Pero no se les ocurrió nada interesante mientras volvían a caminar rodeados por personajes de la Edad Media. No tuvieron ninguna idea mágica. No se encendió ninguna bombilla sobre sus cabezas para alumbrar la solución a sus problemas.

Llegaron a la zona donde estaba instalado el mercadillo con el mismo aturdimiento con el que habían salido del lugar donde estaba aparcada la furgoneta. Fueron recorriendo los puestos que vendían pan, dulces, embutidos, bisutería, quesos, flores, pirograbados, patés, cerámicas. A cada paso presentían la presencia cercana del padre de Óscar y los pies se volvían más lentos y pesados. Por fin lo divisaron: allí, a unos veinte metros de distancia, vieron cómo maniobraba empezando a recoger su mercancía. Como si diera la jornada por finalizada.

Se aproximaron un poco más, moviéndose con disimulo entre tenderetes y jaimas. Y entonces sí, entonces Eduardo vio una luz sobre una cabeza, pero no como a él le hubiera gustado.

—¡Mira allí! —exclamó—. ¡La vela en la esquina del puesto de tu padre!

Óscar fijó su atención en el lugar que le señalaba Eduardo y lo que vio estuvo a punto de provocarle un infarto: la vela que señalaba su amigo chorreaba su cera derretida sobre el cráneo de Gustavo Adolfo Bécquer, que su padre había decidido utilizar como palmatoria ocasional dado su indudable toque macabro y medieval. Y no les dio tiempo a ver mucho más, porque en ese preciso instante el padre de Óscar apagó la vela y recogió lo que había en aquel rincón para guardarlo con todo lo demás.

Con gran parte del elenco artístico configurado, lo que más preocupaba a Juan Ricardo Adamonte era rematar el festival con un espectáculo que no dejara indiferente a nadie. Por eso había encargado la ceremonia de clausura a uno de los grupos de teatro más vanguardistas de Sevilla, cuyo director diseñó un esquema de representación final que pretendía ser una amalgama de estilos.

—La idea es la fusión, Juanri —decía el director teatral—. Fusión sobre la base de la tradición, pero a la vez con elementos muy modernos.

—Ya. ¿Y qué meterías ahí? —preguntaba Adamonte.

—Hay que meter elementos muy sevillanos. Lo primero, una cofradía de Semana Santa, con sus hábitos y sus capirotes. Saldrían desde el fondo del pabellón, avanzando hacia el escenario a paso lento por un gran pasillo central.

—¿Con qué iluminación?

—Apagaríamos las luces y se encenderían velas a los dos lados.

—¿Y música?

—Algo solemne. Porque detrás de los cofrades aparecerá un paso procesional llevado por costaleros, balanceándose suavemente a cada paso.

—¿Con qué imagen?

—Bécquer, por supuesto.

—No tenemos ninguna figura de Bécquer.

—Eso ya está resuelto: hemos encargado la cabeza de Gustavo Adolfo a un especialista del Museo de Cera de Madrid; montaremos esa cabeza sobre el cuerpo de un maniquí y lo vestiremos con ropa del siglo XIX. Va a quedar muy realista.

—Vale. ¿Qué más?

—A medio recorrido, se levantará entre el público un cantaor y empezará a entonar una saeta con letra de las rimas de Bécquer.

—¿Cuál de ellas?

—Pues, por ejemplo, hemos seleccionado esa de «Hoy la tierra y los cielos me sonríen, / hoy llega al fondo de mi alma el sol, / hoy la he visto..., la he visto y me ha mirado..., / ¡hoy creo en Dios!».

—No está mal, ¿y alguna menos religiosa?

—¿Qué te parece la rima número once? Esa que dice: «Yo soy ardiente, yo soy morena, / yo soy el símbolo de la pasión, / de ansia de goces mi alma está llena. / ¿A mí me buscas? / —No es a ti: no».

—Puede valer, pero ésa la tendría que interpretar una cantaora.

—No hay problema. Tenemos donde elegir. Y también nos sobran los raperos.

—¿Raperos?

—Sí, porque después de los cantaores aparecen ellos. Como te he dicho, fusión, pura fusión.

—¿Y qué van a cantar los raperos?

—Bueno, eso todavía lo tenemos que escribir, pero básicamente se trata de decir que Bécquer es el número uno rimando, que Gustavo Adolfo es el mejor en el micrófono, que si te metes con mi poeta te partiré la cara, en fin, esas cosas, lo habitual en el *hip hop*.

Juanri puso en duda que hubiera micrófonos en la época de Bécquer, pero le explicaron que eso sólo era una forma de expresarse, que ya lo adaptarían todo al contexto y que lo importante era la espectacularidad del conjunto, algo que Adamonte reconocía y le agradaba.

Más tensa estaba resultando la conversación que en ese momento mantenían el párroco de la Anunciación y el arzobispo de Sevilla.

El cura había acudido a rendir cuentas a la máxima autoridad eclesiástica de la ciudad, a ponerle al tanto de las cosas que habían pasado desde el robo, a informarle de sus sospechas y sus desdichas, pero el arzobispo no le hacía mucho caso. Tenía su propio criterio sobre lo que había pasado y además llevaba días dándole vueltas a una idea para adaptar la iglesia de la Anunciación tras el suceso.

—En cuanto aparezcan los restos, que no tardarán porque esto sólo ha sido una gamberrada —decía el arzobispo—, lo que tenemos que hacer es coger un cacho del poeta, hacerle un relicario y exponerlo para la contemplación de los fieles.

—Pero, eminencia, Bécquer no es un santo —protestaba el párroco.

—Da igual. Como si lo fuera —insistía el arzobispo—. Cuenta con más devotos que la mayoría de los que tienen capilla en esta ciudad. ¿Para qué nos sirve tenerlo encerrado en la cripta? ¿Para que vayan cuatro a visitarle? Si exponemos una reliquia suya, no irán cuatro, irán cuatro mil. Vendrán de toda España a verle. ¿Usted ha estado en Padua?

—No, eminencia.

—Pues vaya cuando pueda. Vaya y verá qué gusto da ver las colas de cientos y cientos de personas que esperan durante horas para ver la lengua incorrupta de san Antonio.

—Pero él sí es un santo.

—Da igual. ¿No lo entiende? —al arzobispo le exasperaban las reticencias del párroco—. Lo que importa es el resultado. San Antonio es muy popular en Italia, pero no más que Gustavo Adolfo Bécquer en España. Nosotros necesitamos atraer gente a las iglesias. Cuanta más gente, mejor; y si no tenemos la lengua de un santo, tenemos la mano de un poeta. Hagamos un hermoso relicario para esa mano, pongámosla a la vista, recordemos que fue la mano que escribió «Volverán las oscuras golondrinas» y tendremos miles de personas haciendo cola para contemplarla.

El párroco renunció a seguir poniendo objeciones. Viendo el entusiasmo del arzobispo, convencido de que su idea atraería especialmente a miles de jóvenes, al sacerdote no le quedaba más remedio que empezar a discernir qué espacio de la iglesia sería el más apropiado para instalar aquella reliquia laica que Su Eminencia quería convertir en milagrosa.

Después de dedicar horas y horas a barajar todo tipo de pensamientos, Dafne decidió que no podía dejar solo a Eduardo. Llegó a pensar en todo lo malo que se podía imaginar sobre él, pero por encima de cualquier aspecto negativo siempre se imponía una evidencia: por muy loco que fuera aquello, estaba claro que lo había hecho por ella. Inconscientemente, pero por ella. Equivocadamente, pero por ella. Peligrosamente, pero por ella. Si ahora se encontraba en dificultades, su deber era ayudarle.

Dafne llamó a Eduardo. Él tembló al ver su nombre en la pantalla. Sabía que detrás de esa llamada podía estar el cielo o el infierno. Y le tocó el cielo.

Dafne se mostró tierna y cariñosa desde el primer minuto. Le dijo que no necesitaba que hiciera ninguna locura por ella, pero en vista de que ya se había lanzado a cometerla, sólo podía admirar su valor. Sobre todo, porque era una locura inocente y romántica, porque no hacía daño a nadie ni obtenía ningún beneficio, porque corría riesgos sólo por amor y eso muy poca gente era capaz de hacerlo. Casi nadie, ni en Sevilla, ni en España, ni en el resto del mundo.

—Ya no queda gente como tú —apuntó Dafne, y Eduardo pensó que se derretía—, y no me parece bien dejarte solo en una aventura como ésta.

—No estoy solo; estoy con Óscar.

—Perfecto. Ya tienes un amigo. Pero ahora tendrás también un amor. Dime dónde estáis, que busco la mejor combinación y mañana mismo estaré con vosotros.

A Eduardo le costaba articular palabra. Estaba conmovido. Emocionado. Le costaba dar explicaciones, pero le contó todo lo que había pasado, el porqué de aquella persecución al padre de Óscar por media España, y le dijo que aún estaban en Teruel, pero que se moverían en cuanto supieran cuál era el nuevo rumbo.

—Tal vez no haga falta que vengas. Tal vez volvamos a Sevilla —comentó, esperanzado en cambiar de destino.

Pero sus previsiones no se cumplieron. Mientras él hablaba con Dafne, Óscar lo hacía con su madre, que ya empezaba a estar intranquila con el viaje de su hijo y le insistía para saber cuándo pensaba volver. Lo que no le escamaba, pues lo veía natural, era que se interesara por el destino de su padre.

—Acabará el recorrido en Zaragoza y luego volverá para casa —comentó la madre de Óscar—. Llámale, anda, que le robaron en Cuenca y el pobre lo ha pasado mal.

Óscar no quiso decirle que peor lo había pasado él con ese robo; simplemente se despidió prometiendo que lo haría y asegurando que él también volvería pronto a Sevilla, a pesar de la inesperada prolongación del viaje. Después, Eduardo y Óscar pusieron en común sus respectivas conversaciones telefónicas.

A Eduardo no le sorprendió que su próximo destino fuera Zaragoza. A Óscar, sin embargo, le desagradó saber que Dafne estaba a punto de unirse a ellos.

—¿Para qué? —preguntó enfadado—. Cuantos más seamos, peor nos moveremos.

—Quiere ayudarnos.

—Perfecto. Pues cuando llegue ella, me voy yo —amenazó Óscar—. Si ya está la parejita, los demás sobramos.

Eduardo no tuvo en cuenta aquel pequeño ataque de celos. Sabía que no siempre era fácil conjugar el amor y la amistad, pero él estaba seguro de poder mantener el equilibrio entre ambas cosas. Y le hacía ilusión culminar su hazaña junto a su gran amor y su mejor amigo.

Eduardo estaba de un humor excelente cuando abandonaron Teruel. Le dijo a Óscar que condujera y él, mientras tanto, fue intercambiando mensajes con Dafne. Le informó de que se dirigían a Zaragoza. Ella le contestó que estaría allí al día siguiente. Él le dijo que era la mujer más maravillosa de la tierra. Ella respondió que él era el hombre más loco y más adorable del planeta. Él le describía el paisaje por donde circulaban. Ella imaginaba lo que descubrirían juntos a partir del día siguiente. Estuvieron así un buen rato, mientras Óscar intentaba abstraerse de aquella conversación muda que no podía oír, pero podía imaginar. Aunque llegó un momento en que se cansó de tanta señal de mensaje entrante, de tanto arrumaco a distancia de su amigo, y decidió que condujera él para acabar con todo aquello.

—Despídete de tu chica —dijo Óscar, tajante—. En el primer sitio que pueda, paro y lo coges tú.

Eduardo obedeció. Se despidió de Dafne y apenas acababa de hacerlo cuando los carteles de la autovía anunciaron la salida con dirección a Calamocha y Óscar decidió que pararían allí. Un minuto después vieron en el horizonte algo que los maravilló: un enorme jamón. Un jamón descomunal. Un jamón de diez metros de largo colocado sobre una peana que se elevaba otros tantos sobre el suelo. Un jamón que vigilaba el tráfico de la autovía y parecía un cohete a punto de elevarse hacia el cielo.

—No sabes el hambre que acaba de entrarme —musitó Eduardo, todavía asombrado ante aquella visión.

Allí mismo pararon, bajo la sombra del *Monumento al jamón de Teruel*. Sacaron los bocadillos que llevaban en la mochila y, antes de cambiar de asiento, masticaron un rato en silencio al tiempo que pensaban en sus cosas. Eduardo seguía con la mente en Dafne, mientras Óscar reflexionaba que, de no haber sido metálico, aquel pernil monumental muy bien podría haber pasado por ser un jamón de dinosaurio.

El inspector Ruiz recorría ferreterías y más ferreterías sin cosechar ningún resultado, pero tampoco le importaba. El caso era estar entretenido, permanecer el máximo tiempo posible fuera de la comisaría y llegar tarde a casa. Lo de menos era que en unas ferreterías le dijeran que allí no hacían llaves, en otras que no hacían los modelos que él enseñaba y en algunas que quizá sí, que alguna de aquellas copias podría haberse hecho allí, pero imposible recordar a quién.

Aquella tarde el inspector fue tachando establecimientos de la lista que había elaborado. Estuvo en la ferretería Sílex, en Bética de Accesorios, en Abrefácil, en El Clavo, en Láser Guadalquivir, en la ferretería De la Iglesia y en otra llamada Triana. Salió de esta última cuando echaban el cierre, señal de que ya no podía seguir con sus pesquisas y también de que ya era lo bastante tarde como para que, al volver a casa, su mujer no pudiera arrastrarle a otro de esos lugares donde ella creía ver el fantasma de Bécquer.

La esposa de Ruiz le recibió con la alegría habitual y también con esa excitación que poseía desde que dedicaba su tiempo a rastrear detalles de la vida del poeta; detalles que permitieran encontrar alguna luz al final del oscuro túnel por el que investigaba su marido.

—Cariño, creo que he descubierto una coincidencia que no puede ser casual —dijo Carmen mientras su marido se derrumbaba en el sofá.

—Ah, ¿sí? Cuenta, cuenta.

—Verás, he sabido que Gustavo Adolfo Bécquer fue bautizado en Sevilla, en la iglesia de San Lorenzo, y, cuando murió en Madrid, ¿sabes dónde fue enterrado?

—¿Dónde?

—¡En el cementerio de San Lorenzo!

—Curioso... —dijo Ruiz, demasiado cansado para mostrar más entusiasmo.

—¡Algo más que curioso, cariño! —insistió Carmen—. Mucho más que eso. Piensa que hay algo simbólico en su entrada y en su salida del mundo, ambas bajo la advocación de san Lorenzo.

—Ya. ¿Y qué podemos hacer con eso?

—Buscar en algún lugar donde la presencia de san Lorenzo sea especialmente poderosa.

—¿Se te ocurre alguno?

—Por supuesto: El Escorial; San Lorenzo de El Escorial. Un monasterio que en realidad es como una enorme tumba. Un lugar lleno de reyes muertos. Ahí dentro tiene que haber mucho misterio, y quizá uno de ellos sea la relación de Bécquer con san Lorenzo.

El inspector Ruiz elogió la perspicacia de su esposa, como siempre, pero le hizo ver que eso caía un poco más lejos que Adolfo Domínguez o Ikea. Carmen dijo que no había prisa, que ya organizarían el viaje, y el inspector se vio explicando al comisario, en los siguientes días, que tenía que desplazarse a El Escorial para seguir con sus averiguaciones.

Durante la cena, Carmen siguió dándole vueltas a la posible existencia de una orden espiritual secreta que actuaría bajo el manto de san Lorenzo, y habría seguido con ello después de cenar de no haber sido porque cuando encendieron el televisor comenzaba *Ultramundo*, y con él una apasionante *Alerta Bécquer* que enseguida enganchó a los dos.

El programa de Leo Rivas se presentó ante la audiencia como un gran despliegue de medios y de seguidores por todo el país para rastrear las huellas de Bécquer y encontrar cualquier pista sobre su paradero.

El conductor del programa saludó a los telespectadores desde el habitual plató de *Ultramundo*, pero anunció que aquella emisión iba a discurrir, sobre todo, al aire libre. Esta vez no había un grupo de invitados en los estudios de televisión, esta vez los invitados eran miles de seguidores del programa que se habían echado a las calles de diferentes puntos de España siguiendo el llamamiento de la *Alerta Bécquer*. Y lo que iba a hacer Leo era conectar con todos ellos.

—Así que adelante con la primera conexión —dijo el presentador, dando paso a las calles de Madrid.

—Hola, Leo —saludó uno de sus colaboradores desde la calle de Alcalá, cerca de la Puerta del Sol—. Nos encontramos en el lugar donde se hallaba el Café Suizo, el sitio habitual de tertulia de Gustavo Adolfo Bécquer. Como verás, nos acompañan cientos de personas. —La cámara se abrió mostrando a seguidores del programa, muchos de ellos llevando velas encendidas—. Nos hemos citado aquí para realizar el mismo recorrido que hizo

Bécquer antes de morir. Desde aquí iremos hacia Cibeles y la puerta de Alcalá, para después seguir por Serrano y desde allí dirigirnos al número 7 de la calle Claudio Coello, última morada del poeta. Los mismos lugares por donde se desplazó Gustavo Adolfo una noche de diciembre de 1870, para llegar aterido hasta su domicilio y morir allí unos días después.

—Adelante, amigos —saludó Leo Rivas a los congregados—. Perseguid el último aliento de Bécquer y decidnos luego qué habéis encontrado. ¡Quién sabe si todavía flota en el aire la respiración de un hombre cansado y enfermo! Buscad el corazón de Bécquer en el mismo corazón de Madrid, mientras nosotros vamos a otro punto de nuestra *Alerta Bécquer*. ¡Adelante, Soria!

Después de Soria, Leo Rivas siguió con conexiones que le llevaron a Sevilla, a Toledo, a Noviercas, al balneario de Fitero, al monasterio de Veruela y otra vez a las calles de Madrid, esta vez cerca de la Gran Vía, en la calle de la Flor Alta, donde Bécquer había conocido a su amor platónico, Julia Espín. Su amor imposible, inspiradora de muchos de sus versos y, según Leo Rivas, causante del inmenso dolor de corazón que fue consumiendo al poeta.

—Buscadlo ahí —dijo Leo, con gran dramatismo, cuando despedía al numeroso grupo congregado en la calle de la Flor Alta—. Buscad el corazón sangrante del poeta. Buscadlo porque ya sabemos que Gustavo Adolfo quizá no era de este mundo material y es muy probable que su espíritu siga flotando en el mismo lugar donde cayó herido de amor.

De todas las conexiones, sólo falló la que tenían prevista con Trasmoz. Un importante problema técnico en la unidad móvil desplazada hasta allí hizo imposible que Leo saludara al enviado especial que aguardaba en aquel paraje del Moncayo. Exceptuando ese inconveniente, el resto del programa fue un gran éxito. Miles de personas en los puntos de encuentro de toda España, miles y miles de espectadores a través de la televisión. *Ultramundo* volvió a batir audiencias.

—No ha estado mal —dijo Carmen al finalizar la emisión—, pero se les ha olvidado mirar lo de El Escorial. Menos mal que estamos nosotros para solucionarlo.

El inspector Ruiz asintió y empezó a pensar qué excusa se inventaba para justificar el viaje ante el comisario, porque como le contase lo de san Lorenzo, lo más probable era que su jefe le mandara no a El Escorial, sino al Valle de los Caídos.

Eduardo comprendió que la estación de Zaragoza se llamara Delicias en el mismo instante en que vio a Dafne bajar del tren. Entonces se estremeció y le vinieron a la cabeza unos versos de Bécquer: «Por una mirada, un mundo; / por una sonrisa, un cielo; / por un beso... ¡yo no sé / qué te diera por un beso!».

No tuvo ocasión de pensarlo mucho. Antes de tener más tiempo para darle vueltas al poema, Dafne se plantó ante él y, sin saludos, sin palabras, sin preámbulos, le abrazó y le besó apasionadamente.

A su lado, abriéndose a izquierda y derecha, circulaban con paso apresurado los pasajeros que habían llegado en el mismo tren que Dafne. Algunos sonreían, pero la mayoría los ignoraba. Y enfrente, a unos metros, haciendo lo posible por no mirarlos, Óscar se preguntaba cuánto tiempo iba a soportar la compañía de dos enamorados tan pegajosos. Luego saludó a Dafne con frialdad, como si la culpara indirectamente de todo lo que estaba pasando, y los tres juntos salieron de la estación en busca del lugar donde habían aparcado el coche. Al llegar al vehículo, abrieron el maletero y Eduardo colocó la bolsa de Dafne justo al lado de la que contenía los huesos del poeta. Dafne imaginó que debían de estar allí dentro.

—Y... bueno... ¿lo lleváis aquí? —preguntó tímidamente mientras Eduardo cerraba el maletero.

—Sí. ¿Quieres verlo? —le ofreció su novio.

—Bueno, déjalo, ya lo veré más tarde.

Dafne, tan admiradora de los sepulcros, no lo era tanto de lo que tenían dentro. Sabía que un puñado de huesos nunca tendría la belleza ni la poesía ni el dramatismo de una lápida. Como buena artista, comprendía que la muerte le sentaba mejor a las rocas que a los hombres, que hacía hermoso al mármol de Carrara pero pútrido y fétido al esqueleto del hombre más bello o la mujer más perfecta. Un artista no necesita traspasar las puertas de los panteones; lo que queda detrás es trabajo para los forenses y los arqueólogos. Y en este caso, para aventureros enamorados como Eduardo, capaz de hacer el trabajo ingrato para que su chica se quedara con la esencia y disfrutara de la grandeza de un acto así.

Dafne, que cada minuto estaba más impresionada por la valentía de su novio y más excitada por concluir junto a él aquella hazaña, le pidió a Eduardo que contara con detalle cómo había sido todo. Eduardo empezó a hacerlo, pero apenas había iniciado el relato cuando se vieron detenidos por un policía municipal que regulaba el tráfico y que paró a los coches para dar paso a una gran columna de soldados del ejército de Napoleón. Dafne no daba crédito a lo que veía.

—Pero ¡qué pasa aquí! —exclamó.

—Se me había olvidado comentártelo —dijo Eduardo—. Están celebrando el gran Festival de Los Sitios de Zaragoza.

Mientras por delante de los coches pasaban soldados franceses vestidos a la usanza de principios del siglo XIX, Eduardo le contó que la ciudad conmemoraba la resistencia de los zaragozanos ante el ejército más poderoso del mundo en 1808. Eso suponía varios días de fiesta, con la recreación de batallas y con miles de personas representando los papeles de personajes de los dos bandos.

—Lo que más verás son chicas disfrazadas de Agustina de Aragón —explicó Eduardo.

—¿Y eso cómo es?

—Bueno, el vestido varía, pero todas llevan un cañoncito a rastras o debajo del brazo.

Eduardo tenía razón. Cuando dejaron el coche y se internaron caminando por el centro, empezaron a cruzarse con mujeres de aspecto fiero, con vestidos largos y el pelo enmarañado, que llevaban pequeños cañones, a veces en brazos y a veces con ruedas, atados con un cordel y arrastrándolos como si fueran perritos que las seguían. Entre los hombres, el modelo que más se veía era el de campesino armado con un trabuco, aunque también los había vestidos de soldados del ejército español e incluso muchos adornados con grandes bigotes que imitaban al general Palafox. De vez en cuando se cruzaban con alguien vestido de Goya, algo que no podía dejar indiferente a una estudiante de Bellas Artes.

—¿Goya estuvo en los sitios de Zaragoza? —preguntó intrigada.

—Pues creo que no, pero como es de la época y era de aquí... —respondió Eduardo.

—¿Y ése? —dijo Dafne señalando a un hombre vestido a la manera del conde Drácula—. ¿También era de aquí?

Los tres estuvieron de acuerdo en que no, en que aquel tipo se había equivocado de fiesta, aunque quizá estuviera allí al olor de la sangre, porque era famoso en el mundo entero que los sitios de Zaragoza habían sido una auténtica escabechina. O tal vez era uno de los muchos que habían pasado por el puesto del padre de Óscar y había aprovechado para comprar complementos que le sirvieran para cualquier fiesta. Porque allí estaba el hombre, con su parafernalia habitual, vendiendo piezas propias de la fiesta, como sables de plástico y pistolas del mismo material que reproducían los modelos de pólvora de la guerra de la Independencia, pero ofreciendo también el catálogo acostumbrado para chicos y grandes. Y al igual que en Teruel, allí tenía la calavera de Gustavo Adolfo Bécquer con un vela chorreándole cera por encima.

Dafne, Eduardo y Óscar le observaron desde lejos, agazapados entre un grupo de oficiales de la caballería polaca, aliados de Napoleón dos siglos antes y ahora, sin querer, aliados de los tres sevillanos mientras decidían cómo actuar. Aunque había poco que discutir porque Dafne lo tenía bastante claro.

—Primero intentamos comprarla. Si eso no funciona, entonces tendremos que robarla. En cualquier caso —dijo dirigiéndose a Óscar—, tú no puedes participar. Yo intentaré la compra. Si hay que pasar al plan b, se encargará Eduardo.

Óscar pensó que Dafne no había hecho más que llegar y ya empezaba a dar órdenes. Pero no replicó. Estaba claro que él no podía presentarse de repente delante de su padre y también parecía justo que, después de la tensión vivida en Cuenca, fuera ahora su compañero quien se arriesgara si había que echar a correr por aquellas calles de Zaragoza. Eduardo, por supuesto, no tenía nada que objetar a lo que dijera Dafne.

Ya estaba todo hablado. Era el momento de actuar. Pero antes de encaminarse hacia el puesto del padre de Óscar, Eduardo quiso desear suerte a su chica como se merecía, con un abrazo intenso, diciéndole cuánto la admiraba, expresándole lo mucho que la quería, besándola con respeto, besándola con cariño, besándola con pasión.

Óscar estaba avergonzado de aquella escena. No sabía hacia dónde mirar para no quedarse contemplando el besazo de sus amigos. Y mientras miraba hacia lo lejos, esperando a que acabaran, vio que había un hombre joven, de cabello largo, hablando con su padre. Hasta ahí todo normal, pero a continuación vio que su padre quitaba la vela que había sobre la calavera, la apagaba de un soplido y pasaba un trapo por el cráneo encerado de Bécquer antes de meterlo en una bolsa y dárselo a aquel individuo, que a cambio le entregaba varios billetes. Óscar se alarmó.

—¡Eh! —gritó a sus amigos—. ¡Que la está vendiendo!

Eduardo y Dafne bajaron de repente de la nube a la que habían ascendido con sus besos, miraron hacia donde les indicaba Óscar y sólo les dio tiempo a ver cómo se marchaba el hombre joven del pelo largo.

—¡Aquel de las melenas! —dijo Óscar—. ¡Ése es el que la ha comprado!

Dafne comprendió que había cometido un error, que cuando se entra en combate hay que aplazar el amor, y salió disparada detrás del tipo que señalaba Óscar.

—¿Voy contigo? —preguntó Eduardo.

—¡No! Espera —dijo Dafne sin volverse—. No vayamos a asustarle.

Eduardo y Óscar se quedaron allí, rodeados de lanceros polacos y de las muchas agustinas que compadreaban con ellos. Vieron perderse a Dafne entre aquella multitud recién salida del siglo XIX y se quedaron aturdidos y expectantes. Sintiéndose un poco inútiles, aunque sin decirlo abiertamente. Pensando que estaban gafados. Que tenían muy mala suerte. Preguntándose qué hacer si Dafne no volvía con el cráneo de Bécquer. Y Óscar empezaba a tenerlo claro.

—Era la señal que nos faltaba para volver a casa.

—Vuelve tú —dijo Eduardo, un tanto alicaído—. Yo aún no puedo.

Óscar le dijo que no fuera cabezota, que ya había cumplido su objetivo, que Dafne estaba completamente deslumbrada y lo admiraba más de lo que se puede admirar a cualquier ser humano. Que enterraran de una vez los huesos que llevaban en el coche, que puesto que nadie se iba a enterar, nadie echaría en falta la calavera. Pero Eduardo le dijo que su conciencia sí la echaría en falta y que no podría vivir con el peso de esa culpa.

—No puedo dejar descabezado al poeta más grande de España —dijo apesadumbrado—. No se puede jugar con esas cosas.

Óscar desistió de convencerle. Además de parecer una tarea inútil, vio que Dafne regresaba hacia ellos. Y lo hacía con las manos vacías y con la cara de quien parece que acaba de tener una aparición.

—¿Qué ha pasado? —le preguntó su novio, muy nervioso, cuando llegó a su lado.

—No me la ha querido vender —dijo Dafne—. No ha habido manera de convencerle. Dice que la necesita y que no es negociable.

—Pero ¡para qué va a necesitar una calavera!

—Para una obra de teatro. Es actor. Su grupo tiene que representar *Hamlet*... y ¿sabéis dónde? —Dafne hablaba con cara de alucinada—. ¡En Veruela! ¡En un festival de teatro en el monasterio de Veruela! ¿Os dais cuenta de lo que supone eso? ¡La calavera va camino del Moncayo! ¡Es el propio Gustavo Adolfo quien mueve los hilos! ¡Es el espíritu de Bécquer quien conduce sus huesos hacia el lugar donde quieren estar! Nosotros somos un mero instrumento para lograr su fin. ¡Bécquer nos eligió! A mí me escogió para expresar en voz alta sus deseos, y a ti —se dirigió a Eduardo— para llevarlos a cabo.

—Y a mi padre y a mí, ¿qué? —dijo Óscar, interrumpiendo el éxtasis de Dafne—. Si ya os tenía a los dos, tan ricamente, ¿me quieres decir por qué nos mete a nosotros en este lío? A mí esto no me hace ninguna gracia. Bastantes órdenes me da mi madre como para que ahora mande también sobre mí un fantasma.

Dafne y Eduardo tranquilizaron a Óscar. Le dijeron que no se asustara, que había mucho que celebrar y nada que temer, que todo aquello era un milagro, auténtica justicia poética. Que sólo había que dejarse arrastrar, que todo fluyera hacia donde la poesía los quisiera llevar, y que estaba claro que había llegado el momento de acercarse al Moncayo e ir preparando el rincón donde Gustavo Adolfo sería feliz por toda la eternidad. Y aunque a Óscar le entraron ganas de salir corriendo, presentarse de repente ante su padre y pedir que le librara de aquel par de locos y le llevara con él a Sevilla, al final se resignó a cumplir con la última etapa del viaje porque le podía el corazón, y el corazón le decía que no debía dejar solos a aquellos dos insensatos.

Juanri lo dejó bien claro en la reunión con los técnicos municipales: o empezaba a fluir el dinero para los gastos que estaba teniendo o el festival se suspendía y se montaba un escándalo.

—Hay una serie de trámites que no podemos saltarnos —intentaba explicarle un técnico del Ayuntamiento.

—Pues dígale al alcalde que firme una partida extraordinaria —insistía Juanri.

—Es que eso sólo se contempla en casos muy especiales.

—Ah, ¿sí? ¿Y le parece poco especial un festival de esta magnitud? ¿Sabe cuánta gente hemos movilizado? Artistas, técnicos, proveedores; hay cientos de personas implicadas, por no hablar de los miles que aguardan expectantes por el festival. ¿Se imagina que lo suspendemos? Sería un daño irreparable para la imagen del alcalde, y a pocos meses de las elecciones.

Mientras Juan Ricardo Adamonte peleaba por empezar a cobrar, el párroco de la Anunciación estaba a punto de rendirse al verse superado por todo lo que había ocurrido en los últimos días. Paseaba triste por su iglesia, melancólico, dándole vueltas a la idea de presentar su renuncia y pedir el traslado a un sitio más tranquilo en el que apurar sus últimos años de sacerdocio.

Invadido por el pesimismo, el cura pensaba que los restos de Bécquer no aparecerían jamás y que dejaban un hueco imposible de llenar. Paseó por la cripta repasando los nombres de otros sevillanos ilustres enterrados allí. El matemático Alberto Lista, el historiador José Amador de los Ríos, el humanista Benito Arias Montano o aquella escritora empeñada en llamarse como un hombre: Fernán Caballero. Ninguno tenía el poder de atracción de Gustavo Adolfo, ni siquiera su hermano, el pintor Valeriano Bécquer. Un listado de nombres para eruditos, ninguno con verdadero tirón popular.

Estaba pensando en eso, y en lo difícil que es convertirse en un ídolo de masas, cuando de repente le vino a la cabeza ese cantante de origen sevillano que había visto en las noticias. Ese tan famoso que vivía en Miami y cuyo nombre no conseguía recordar. Ese que según habían dicho tenía que someterse a un delicada operación. «Ese hombre sí que arrastra multitudes —pensó el párroco—; si está tan mal como dicen, lo mismo se muere a tiempo y podemos hacer alguna gestión para enterrarlo aquí». La idea le devolvió un cierto optimismo. Pensó que quizá no todo estaba perdido, que si se producía el fatal desenlace, podían meterle en el hueco de Bécquer y tenían para ir tirando unos años, mientras le durase la fama, y a lo mejor para entonces llegaba otro que le sustituía y ya se había consolidado entre los artistas el nombre de la iglesia de la Anunciación como cementerio con encanto. «Después de todo, si Gustavo Adolfo hubiera nacido hoy en día, no sería poeta, sería cantante melódico», pensó el sacerdote mientras abandonaba el templo con mucho mejor talante que el que tenía al entrar.

Óscar ocupaba el asiento trasero del coche cuando llegaron a las inmediaciones del monasterio de Veruela y buscaron un lugar para aparcar. No sólo iba detrás, además procuraba marcar distancias con sus compañeros de viaje. Le había cedido a Dafne el asiento del copiloto y toda la responsabilidad de acompañar y entretener al conductor. Si no se había largado ya, y los había dejado solos, era simplemente porque no le consideraran un blando y un cobarde. Por lo demás, pensaba permanecer como espectador de lo que esperaba fuesen los últimos pasos de un viaje que nunca debería haber empezado.

Cuando llegaron a Veruela había otro tipo de espectadores: los que acudían al Festival de Teatro que todos los años se organizaba en aquel monasterio, que ya no era un recinto religioso, sino un espacio de actividades culturales: exposiciones, conciertos, recitales, representaciones; todo un abanico de actos que se prolongaba a lo largo de todo el año.

En la zona de acceso al monasterio había diferentes grupos de animación que recibían a los visitantes, unos haciendo mimo, otros practicando juegos malabares, algunos caminando sobre grandes zancos y otros ejerciendo de payasos para los más pequeños.

La función de *Hamlet* estaba anunciada para la noche. Mientras llegaba ese momento, Eduardo, Óscar y Dafne visitaron las diferentes dependencias del monasterio e indagaron dónde estaban los camerinos. Imaginaban que en ese lugar debía de hallarse la pieza que les faltaba, el cráneo más perseguido de España, y aunque encontraron el espacio donde se cambiaban los actores y merodearon en torno a él, no dispusieron de una buena ocasión para colarse dentro y buscar la calavera.

—Tendremos que intentarlo después de la representación —dijo Dafne.

—Sí —la apoyó su novio—. Entramos como sea. Pidiendo autógrafos o barriendo con una escoba. De hoy no pasa. Por las buenas o por las malas. Yo de aquí no salgo sin el cráneo de Gustavo Adolfo Bécquer.

A Dafne le encantó que Eduardo hablara así. A Óscar le dio la risa. Lo veía todo un poco más complicado y temía que ahora tuvieran que empezar a perseguir a los del teatro con la misma mala fortuna que habían perseguido a su padre.

—Esto es el cuento de nunca acabar —dijo Óscar con ironía—. Vamos a estar de persecución hasta el día del juicio final.

—De eso nada —dijo Eduardo, contundente y envalentonado ante la presencia de Dafne—. Te juro que no pasa un día más. Con tu padre había que tener más contemplaciones, pero con éstos no. Con éstos, a las bravas. Si hay que recurrir a la fuerza, lo haré. No creo que opongan mucha resistencia para defender una calavera que para nosotros es cuestión de honor y para ellos sólo una parte del decorado.

—Del atrezo —le corrigió Dafne.

—Sí, bueno, de eso —titubeó Eduardo, pues la corrección le rompió un poco el discurso—. Lo que pretendo decir es que nosotros sabemos lo que queremos y ellos no, y eso debe darnos una fuerza especial.

Óscar pensó que necesitaban fuerzas especiales, pero del ejército. No obstante, no puso ninguna pega. La presencia entusiasta de Dafne le descargaba de mucha responsabilidad. Ya no se sentía tan comprometido con lo que pudiera pasarle a su amigo.

Con tan diferentes estados de ánimo, los tres tomaron asiento en los bancos de la gran iglesia de Veruela poco antes de que comenzara la obra. Como era habitual en aquel espacio, un gran escenario ocupaba el lugar donde antiguamente estaba el altar.

No había mucho público. Los grupos familiares habían empezado a desaparecer al caer de la tarde, el momento de retirarse con los niños, y los adultos que se habían quedado para ver la obra de Shakespeare apenas ocupaban medio aforo. A la hora prevista, se oscurecieron las luces del templo, se iluminaron las del escenario y empezó la obra.

Dafne y Eduardo la siguieron desde el principio con gran interés; muy concentrados. Óscar optó por manifestar su aburrimiento desde el primer minuto. Mientras los novios estiraban sus cuellos para ver bien cada movimiento y no perderse una línea del texto, Óscar se removía incómodo en el banco, resoplaba y murmuraba por lo bajo, pero perfectamente audible: «Qué tostón». De vez en cuando, Dafne y Eduardo tenían que hacerle un gesto para que se tranquilizara, para que su comportamiento no llamara la atención ni molestara a otros espectadores. Óscar sonreía con indiferencia. Dafne empezaba a irritarse. Eduardo se cargaba de más y más tensión. La actitud de su amigo contribuía a incrementar su nerviosismo y el deseo de acabar aquello cuanto antes.

Así fueron pasando los minutos, con el trasfondo de la historia del príncipe de Dinamarca, cuando al comienzo del tercer acto el protagonista de aquella tragedia empezó a desgranar su famoso monólogo:

—Ser o no ser, ésa es la cuestión...

En ese momento, hasta Óscar concentró su atención en lo que pasaba en escena, y tanto él como Eduardo y Dafne sintieron la misma extrañeza.

—¿Dónde está la calavera? —murmuró la chica expresando lo que sentían los tres.

El actor que interpretaba a Hamlet continuaba con su monólogo y lo hacía con las manos vacías, cuando los tres amigos pensaban que debía hacerlo mirando fijamente a la calavera que para esa función había vendido el padre de Óscar. No entendían nada. Empezaron a removerse, a ponerse nerviosos, a barruntar que podían haber perdido la pista nuevamente, a comentar entre ellos su perplejidad por no ver la calavera por ninguna parte, hasta que un espectador de la fila delantera, molesto por el ruido que estaban armando, se volvió para reprenderlos y dijo en tono bajo pero contundente: «Lo de la calavera es más tarde».

Ninguno de ellos había visto jamás la obra, pero, como todo el mundo, conocían el pasaje de «Ser o no ser» y lo asociaban con un hombre dirigiéndose a una calavera. La puntualización del espectador que tenían delante no los tranquilizó. Todo lo contrario. Hasta Óscar abandonó el pasotismo con el que había seguido la representación y se puso tan tenso como sus compañeros. «Aquí pasa algo raro», pensó Óscar, mientras Eduardo era mucho más negativo y pensaba directamente en cosas peores: que los actores habían identificado la calavera y la habían entregado a la policía, que la habían perdido, que había sufrido un accidente. Sólo en esos pensamientos negativos encontraba explicación para que el actor recitara su monólogo con las manos limpias. Pero la respuesta era distinta y aún se haría esperar un rato.

Al comienzo del quinto y último acto de la obra, cuando Eduardo ya estaba a punto de reventar allí mismo, el escenario apareció convertido en un pequeño cementerio; dentro de él, un sepulturero que extraía restos de una fosa, y un minuto después, Hamlet que pasaba por allí. Entonces sí: entonces apareció en escena una calavera y todos pudieron escuchar cómo el sepulturero le comentaba a Hamlet que aquéllos eran los huesos de Yorick, el bufón grotesco y contrahecho que Hamlet había conocido muy bien. Dafne y Eduardo sintieron una viva emoción. A Óscar, sin embargo, le dio la risa y se inclinó sobre su amigo para bromearle: «Fíjate lo que has conseguido: convertir a Bécquer en un bufón».

—¡Pobre Yorick! —declamaba en ese momento el actor que interpretaba a Hamlet—. ¿Qué se hicieron de tus burlas, tus brincos, tus cantares y aquellos chistes que animaban la mesa con alegre estrépito?

El estrépito se produjo de repente en plena iglesia de Veruela y sobresaltó a todos. El estrépito lo ocasionó Eduardo al ponerse en pie, saltar por encima de varios bancos, plantarse en el escenario y arrebatarle la calavera a Hamlet. Sólo Óscar y Dafne entendieron aquel arrebato. Parte del público pensó que se trataba de una innovación escénica, otra parte entendió que pasaba algo grave y empezó a correr instintivamente buscando alguna salida, y los actores se quedaron paralizados en el escenario sin entender absolutamente nada.

Lo que pasaba era que la paciencia de Eduardo había estallado, que su promesa de ir al ataque no había sido un farol y que, haciendo gala de sus grandes condiciones físicas, había pasado a la acción. Aprovechándose del efecto sorpresa, corría hacia la salida del monasterio agarrando con fuerza aquel preciado tesoro que tanto le había costado recuperar. Dafne y Óscar entendieron enseguida que debían correr tras él, y los actores y técnicos del grupo de teatro lo entendieron unos segundos después.

En medio del estupor de gran parte de los espectadores, que seguían sin entender ese brusco cambio de guión, Eduardo salió a los jardines de Veruela, seguido a poca distancia por su novia y su amigo, y unos metros más atrás, por Hamlet, el sepulturero, el técnico de luces, el regidor, la maquilladora y un ayudante de dirección. Pero ni los actores ni los técnicos estaban en forma para dar alcance a aquellos jóvenes que corrían como gamos. Al ver que se les escapaban, el propio Hamlet improvisó unas líneas de texto y empezó a gritar: «¡Al ladrón, al ladrón!».

Al escuchar esos gritos, el jardinero que en ese momento regaba los jardines del monasterio vio que había llegado su momento de gloria: el presunto ladrón se dirigía hacia la zona donde él estaba, así que abandonó la manguera, se plantó en medio del camino y se dispuso a placar aquella sombra que avanzaba hacia él. Eduardo se dio cuenta de que iba a ser difícil esquivar a aquel tipo, pero entonces escuchó a su espalda la voz de su amigo Óscar con un grito que tantas veces había escuchado en las prácticas de rugby en la universidad:

—¡Pásamela!

Eduardo miró levemente hacia la izquierda, lo justo para percibir que por allí avanzaba veloz su compañero, y, un instante antes de que el jardinero se arrojara contra él, lanzó suavemente la calavera del poeta hacia atrás, lo justo para que Óscar la recogiera y continuara su carrera mientras Eduardo y el jardinero rodaban por el suelo.

La jugada habría salido perfecta de no haber sido porque a continuación apareció en la penumbra el conserje encargado de la puerta de acceso al monasterio, dispuesto también a vivir su momento de gloria. Nada más verle, sin tiempo casi para reaccionar, Óscar comprendió que tenía poco espacio para sortearle y que chocaría con él. Pero entonces escuchó una voz a su espalda:

—¡Pásamela!

Dafne, que había seguido la jugada desde atrás, imitaba lo que acababa de ver y le ofrecía una salida. Óscar no se lo pensó: lanzó hacia atrás el cráneo de Bécquer y vio cómo Dafne pasaba corriendo a su lado con la calavera en la mano, mientras Óscar arrollaba al conserje y caía con él por los suelos.

Los dos rivales de Eduardo y Óscar eran muy poca cosa para su corpulencia y sus reflejos, así que no tuvieron que pelear con ellos. Los dejaron aturdidos mientras se incorporaban y continuaban su carrera detrás de Dafne, ahora perseguidos sólo por los gritos de las víctimas que iban dejando atrás.

Un minuto después, los tres amigos se perdían en la oscuridad de un camino que se internaba en el monte sin que nadie supiera hacia dónde iban y, mucho menos, por qué habían protagonizado un suceso tan extraño.

En el cuartel de la Guardia Civil de Vera de Moncayo tomaron nota de la denuncia interpuesta por el grupo de teatro que actuaba en Veruela. Todos los agentes estuvieron de acuerdo en que aquello parecía una gamberrada. En principio, nada les hacía pensar que aquel suceso tuviera relación con la oleada de robos que estaba sufriendo la comarca, por la manera de actuar y porque esta vez lo sustraído carecía de cualquier valor, aunque los actores insistieron en que aquella calavera tan realista no les había salido precisamente gratis, que habían pagado sus buenos euros por ella. Además, uno de los actores comentó que tras comprarla en Zaragoza, una chica se había dirigido a él intentando que se la vendiera, algo a lo que se negó.

—No creo que se trate de una casualidad —insistió el actor, que por hallarse en camerinos durante el incidente no había llegado a encontrarse de nuevo con Dafne.

Los agentes no dieron mucha importancia a ese detalle. De hecho, cuando los actores se retiraron comentaron entre ellos que aquello parecía un sabotaje. Hablaron de las envidias que solía haber entre los artistas e imaginaron a otro grupo rival urdiendo algo así para reventarles la obra. Lo de la chica misteriosa que había intentado hacerse con la calavera en Zaragoza, ni lo anotaron. Pero la misteriosa Dafne estaba más cerca de lo que imaginaban.

Los tres reventadores de la obra pasaron varias horas en el monte, ocultos entre la maleza, antes de decidirse a bajar al aparcamiento del hotel restaurante donde habían dejado el coche. Apenas hablaron durante ese rato. Eduardo y Dafne permanecían abrazados, custodiando el cráneo del poeta. Óscar parecía ensimismado, como si toda la magia del Moncayo hubiera caído de repente sobre él y lo tuviera cautivo. En realidad, lo que le había caído encima era un sueño terrible, fruto del cansancio y de la tensión vivida poco antes, y permanecía en un estado hipnótico de duermevela.

Fue Dafne quien, en medio de la madrugada, propuso a sus compañeros salir de allí.

—No creo que tengan la zona acordonada —dijo en susurros—. Supongo que no somos tan importantes para eso.

Acertó. Aunque se movieron con todo el sigilo del mundo, por los alrededores no había un alma. Llegaron al aparcamiento, encontraron el coche donde lo habían dejado, montaron en él y salieron de allí con tanta rapidez como discreción.

Ya sólo les faltaba un objetivo: llegar a Trasmoz y enterrar los restos de Bécquer en el humilde espacio que él quería ocupar. Quizá podrían haberlo hecho en ese mismo instante de no haber sido porque les faltaba el instrumental básico: un pico y una pala.

Consultaron el plano y vieron que el lugar más próximo para comprar herramientas debía de ser Tarazona. Hacia allí se dirigieron, dispuestos a pasar el resto de la noche como buenamente pudieran hasta que abrieran los comercios. Y pensando también qué podían hacer durante todo el día, ya que debían esperar a la siguiente noche para proceder a la inhumación clandestina.

El sentimiento de los tres era que no podían dedicarse a hacer turismo en grupo, porque corrían el peligro de que los reconociera alguien que los hubiera visto juntos en Veruela.

—Tendremos que permanecer ocultos —dijo Dafne.

—¿Y si echamos los huesos en algún nicho vacío y nos largamos ya? —propuso Óscar, deseoso de acabar cuanto antes.

—Ése no era el deseo de Bécquer —aclaró Dafne—. Él quería un poco de tierra por encima y que la hierba hundiera sus raíces en él.

—Pues lo enterramos en la primera jardinera que encontremos y nos largamos ya. ¿Qué más da Trasmoz que Tarazona? El caso es que se vea el Moncayo, ¿no? Como si lo queremos enterrar aquí mismo —dijo Óscar, señalando la cuneta de la carretera—. Si el caso era sacarlo de Sevilla, qué más da un kilómetro aquí o allá.

Eduardo y Dafne le dijeron que se tranquilizara, que ya había pasado lo peor, que después del enorme esfuerzo que habían hecho sería una pena no rematar el trabajo de la mejor manera, que en comparación con lo que habían pasado, ya sólo les quedaba lo más fácil. Óscar no estaba de acuerdo en nada, pero decidió no llevarles la contraria. Entre las cosas que había aprendido en las últimas semanas se hallaba una evidencia: es inútil hacer razonar a quienes están cegados por el amor.

A la misma hora en que el párroco de la Anunciación veía en la tele una conexión con el Gran Festival Becqueriano, Leo Rivas se reunía con su equipo para perfilar los últimos detalles de una nueva emisión de *Ultramundo* en torno al poeta.

—No podemos bajar el nivel —insistía Leo ante su gente—. El éxito de la *Alerta Bécquer* nos obliga a mantener el listón muy alto. Como mínimo, tenemos que hacer un despliegue similar.

—Te recuerdo que tenemos un vehículo inutilizado —dijo uno de sus colaboradores—. Jorge y Paco siguen bloqueados en Trasmoz.

—Sí, sí —cabeceó Leo—. Esos dos inútiles. Siempre les tiene que ocurrir algo. Accidentes, averías, robos. ¡Todo les pasa a ellos! Son unos gafes; pero da igual. Nos arreglaremos sin su participación.

Juan Ricardo Adamonte también se las arreglaba sin un par de bajas de última hora; bajas que Juanri había justificado por la enorme presión que suponía participar en un evento de esa categoría. No aclaró que la presión que no habían podido soportar las dos jóvenes artistas que se habían retirado era la que él mismo ejercía.

—Yo no canto —le había comentado una de ellas a la otra—. Prefiero quedarme muda a tener que aguantar a ese acosador baboso y sobón.

—Pues yo tampoco —la había secundado su compañera—. A mí también me quiso meter mano con la excusa de Bécquer. Le dije que, como se pasara lo más mínimo, los huesos que iban a empezar a buscar eran los suyos.

Quien tenía bastante mejor opinión de Adamonte era la mujer del inspector Ruiz. Cuando le vio por televisión, hizo un comentario muy positivo ante su marido.

—Sevilla necesita hombres como éste, que se esfuercen tanto por una buena causa —dijo Carmen—. Por cierto, Julio, ¿cómo llevamos lo de El Escorial?

El inspector le contestó que estaba en ello, que lo tenía presente, que no se olvidaba y que había hecho gestiones ante sus superiores. No aclaró que la gestión que había realizado era solicitar una baja por estrés, ante aquel caso que le superaba, y que había comentado que los médicos le aconsejaban relajarse en algún paraje tranquilo de montaña, como, por ejemplo, El Escorial.

Los enviados especiales de *Ultramundo* habían tenido mala suerte. Eso era evidente. Un fallo técnico, una avería mecánica y un robo, todo junto, es algo más que una fatalidad. Sin embargo, Jorge y Paco, reportero y cámara respectivamente, se sentían afortunados. Quizá porque no era la primera vez que se veían en problemas, porque eran de talante positivo y porque al ser gente muy sociable hacían amigos allá por donde pasaban. Y Trasmoz no era una excepción.

En un pueblo tan aficionado a las brujas, los enviados del programa de televisión líder en mundos misteriosos habían sido recibidos con los brazos abiertos, y aún les habían mostrado más aprecio cuando vieron que tenían problemas. El pueblo se volcó con ellos cuando se quedaron tirados sin poder salir de allí por una grave avería. Y más aún cuando, mientras esperaban que llegara la pieza que necesitaban para su unidad móvil, sufrieron el robo del material que guardaban dentro.

Aquella última noche en Trasmoz estaban dispuestos a olvidar todos los sinsabores. Después de que los mecánicos desplazados desde

Tudela repararan su vehículo, Jorge y Paco lo dejaron allí donde había estado aparcado desde que llegaron, junto al cementerio desde el que debían hacer la conexión, y se dirigieron al local de la peña de amigos del pueblo que les habían preparado una cena de despedida.

Apenas habían abandonado el cementerio cuando aparecieron tres sombras por el camino que bajaba de Litago. La sombra de Eduardo, portando un pico. La sombra de Óscar, portando una pala. Y la sombra de Dafne, portando una bonita bolsa de tela, con cierre de cordón, que había comprado en Tarazona y en la que había introducido los restos de Bécquer. Con calavera y todo, el poeta era una carga muy ligera.

Los tres amigos habían dejado el coche en un pueblo vecino, en parte por precaución y en parte por la sugerencia de Dafne de llevar a Gustavo Adolfo hasta su morada definitiva por un camino que él mismo había transitado. Para vencer las reticencias de Óscar, Dafne compró en Tarazona un ejemplar de las cartas *Desde mi celda* y le leyó un fragmento del inicio de la carta número seis:

—Escucha —dijo Dafne, poniéndose en

situación—: «Con la esperanza de ver su famoso castillo como término y remate de mi artística expedición, dejé Litago para encaminarme a Trasmoz, pueblo del que me separaba una distancia de tres cuartos de hora por el camino más corto».

—¡Tres cuartos de hora para abajo y tres cuartos de hora para arriba! —se quejó Óscar—. ¡Nos vamos a pegar toda la noche andando!

—Que no, Óscar —le decía Eduardo—. Que es un paseo. Y en cualquier caso, por lo que pueda pasar, tenemos que dejar el coche lejos de Trasmoz.

Estaba en minoría, así que no le sirvió de nada discutir y fueron por donde Dafne quería que fueran.

Cuando aún estaban a cierta distancia de Trasmoz, distinguieron en la oscuridad la imponente silueta de su castillo. Al acercarse un poco más, contemplaron a su derecha el perfil del cementerio. Y cuando estaban llegando, vieron con asombro que había un vehículo aparcado junto a la tapia del camposanto. Eso les hizo ralentizar el paso y aproximarse con cuidado, mirando a izquierda y derecha por si andaba cerca el propietario.

Una vez allí, Eduardo y Óscar manifestaron su sorpresa al encontrarse ante una unidad móvil de televisión. Habían permanecido un tanto desconectados durante su viaje por media España, pero Dafne les puso al tanto del gran seguimiento que habían hecho los de *Ultramundo*.

—Han estado en todos los sitios que tienen algo que ver con Bécquer —comentó Dafne.

—Sí, vale, muy bien —dijo Óscar—, pero ¿por qué siguen aquí?

—Eso no lo sé.

—Pues no me hace ninguna gracia.

—A mí tampoco —dijo Eduardo—. Lo mejor será que nos apresuremos, no vaya a ser que aparezcan. Dafne era la más tranquila. En cierto modo, se sentía depositaria de un tesoro y le parecía que Gustavo Adolfo Bécquer extendía sobre ellos una especie de manto protector, un agradecimiento que llegaba desde el más allá por ayudarle a cumplir sus deseos. Con ese convencimiento, guio a sus compañeros de expedición para rodear las paredes del cementerio hasta llegar a la entrada, empujó la puerta metálica y los invitó a pasar.

Más o menos en ese mismo momento, una pareja de la Guardia Civil salía del cuartelillo de Vera para hacer una ronda por los pueblos de alrededor, todos ellos afectados por una oleada de robos que desde hacía tiempo venía cebándose con el medio rural. En casi todos los casos habían sido robos en explotaciones agrícolas, pero en el caso de Trasmoz los ladrones se habían llevado el cobre de la instalación eléctrica que iluminaba el castillo y la subida desde el cementerio, así como el material que encontraron en la furgoneta averiada de la televisión.

En teoría, allí quedaba poco por robar, pero los asesinos no son los únicos que siempre vuelven al lugar del crimen: los investigadores también suelen hacerlo, así que después de recorrer las granjas que había de paso, el vehículo de la Guardia Civil se dirigió por un camino hacia la parte alta de Trasmoz, cerca de los depósitos del agua.

Eduardo, Óscar y Dafne estaban en plena faena, en el rincón más escondido del cementerio, cuando vieron unas luces que recortaban al contraluz las cruces que sobresalían por encima de la tapia. Los tres se quedaron paralizados. Eduardo dejó de picar. Óscar apartó la pala. Dafne agarró con fuerza la bolsa donde llevaba los huesos de Bécquer.

Eduardo hizo a sus compañeros un gesto para que guardaran silencio, se adelantó unos pasos, trepó por un grupo de nichos vacíos y al asomarse por encima de ellos vio a unos cincuenta metros el origen de las luces que asomaban y comprobó con espanto que se trataba de un vehículo de la Guardia Civil.

Descendió raudo, nervioso, se dirigió a sus compañeros y en voz muy baja les explicó lo que acababa de ver.

—¿Y ahora qué hacemos? —dijo Óscar con otro susurro cargado de tensión.

—Escapar —ordenó Eduardo.

Dafne había enmudecido. Aquello era muy injusto. Llegar hasta allí, tenerlo todo a punto y tener que abortar la operación. Eduardo le dijo que no había tiempo para lamentarse. Había que marcharse ya, y ni siquiera podían salir por donde habían entrado.

Mientras los dos guardiaciviles apagaban las luces de su vehículo y se acercaban a los depósitos de agua para echar un vistazo, Eduardo, Óscar y Dafne buscaban el mejor lugar para saltar la tapia. Y a cinco minutos de allí, Paco, el cámara de *Ultramundo*, abandonaba un momento la peña donde cenaban para ir por el tabaco que se había dejado en la unidad móvil.

Óscar ya estaba saltando por la parte posterior cuando los guardiaciviles vieron la sombra del cámara televisivo acercándose hacia el cementerio. Los dos agentes se agazaparon en el lugar donde estaban para observar qué hacía aquel individuo. Mientras le veían a él, no podían ver cómo por la parte de atrás saltaban también Dafne y Eduardo, aunque sí percibieron algo: escucharon un ligero golpe, ¡plas!, que no supieron identificar ni ver de dónde venía. Era el golpe de la bolsa que contenía los huesos de Bécquer al caer sobre el techo de la unidad móvil de *Ultramundo*. Eduardo había errado un poco el lanzamiento y en lugar de caer en los brazos de Óscar cayeron sobre la chapa del monovolumen, con el consiguiente sobresalto para ellos, pero también para el cámara de televisión, que escuchó ese ruido cuando se aproximaba a su vehículo y se temió que otra vez les estuvieran robando. Así que aceleró el paso, aunque no tanto como Óscar, Dafne y Eduardo, que ya corrían como liebres, desentendiéndose de los huesos e internándose en la oscuridad camino de Litago.

El cámara de *Ultramundo* no los llegó a ver. Cuando dobló la esquina de la tapia del cementerio, sólo vio allí su coche, y le llamó la atención que hubiera algo encima de él. Se estiró, cogió la bolsa que estaba sobre el techo, abrió la puerta de la unidad móvil para tener una luz que le permitiera saber qué era aquello, y apenas lo había hecho cuando detrás de él aparecieron dos agentes de la Guardia Civil que le encañonaban con cara de muy pocos amigos.

—¡Quieto ahí! —gritó uno de los agentes—. ¡Como te muevas, te dejo seco!

Paco sufrió un sobresalto, pero con el carácter positivo que le caracterizaba, enseguida se dio cuenta de la confusión y lo primero que pensó fue en lo que se reiría Jorge cuando se lo contara. Lo que aún no sabía era que a los agentes aquella situación no iba a hacerles ninguna gracia.

Eduardo, Óscar y Dafne vieron amanecer desde un camino forestal cercano a la localidad de Ágreda. El sol se levantó por encima del Moncayo y empezó a calentar la mañana.

Había sido una noche desoladora y larga. Primero, huyendo en la oscuridad monte arriba, camino de Litago. Después, recuperando el automóvil y alejándose un poco más por las pistas que surcaban la montaña hasta llegar a aquel rincón soriano en el que habían decidido detenerse y esperar.

Lo tres estaban agotados, física y mentalmente, pero cada uno mostraba un diferente estado de ánimo. Eduardo se sentía culpable, responsable de todo lo que había pasado desde el principio al final. Pensaba que los inicios estaban mucho mejor planificados que la resolución, y que la consecuencia había sido un final catastrófico. Sentía que había fallado él y que les había fallado a su amigo y su chica. En Óscar el alivio podía con el resquemor. Prefería no reprocharle nada a Eduardo porque simplemente se conformaba con que todo aquello hubiese finalizado, aunque no acababa de estar convencido de que fuera así y se preguntaba hasta qué punto habían sido precavidos para no dejar rastros y huellas que pudieran utilizar contra ellos. Dafne sentía una mezcla de frustración y de melancolía, pero debía ocultar ambas cosas para darle ánimos a su novio.

—Aunque no haya salido bien, lo que has hecho es precioso.

—¿Tú crees? —preguntaba el abatido Eduardo.

—Claro que sí. Tu comportamiento ha sido heroico, pero es imposible luchar contra tantas fatalidades.

—No sé. Tengo la sensación de que voy a volver a Sevilla derrotado.

—Es que no hay que volver a casa ya. Primero tenemos que recuperarnos —dijo Dafne.

—¿Y dónde nos vamos a recuperar mejor que en casa? —intervino Óscar, que empezaba a temer cualquier propuesta de la novia de su amigo.

—En casa, sí, pero no cayendo de golpe —insistió Dafne—. Hay que aterrizar despacio. Primero tenemos que quitarnos este peso de encima. Aprovechemos estos días. Escucha, Eduardo, ¿por qué no me llevas a Madrid, al Museo Romántico? Un clavo saca otro clavo.

Si no hemos podido con Bécquer, vayamos a ver a Larra, a Zorrilla, a Espronceda...

Óscar rogó al cielo que Dafne no siguiera diciendo nombres de escritores muertos. Con tanto fantasma alrededor, empezaba a preguntarse si de verdad estaba despierto o aquello era una pesadilla que le impedía escapar del siglo XIX.

Leo Rivas no se extrañó cuando le informaron de la detención del equipo enviado a Trasmoz. Lo consideró un hito más en la progresión de los sucesos que solían acompañar a aquellos dos. Dada su mala suerte, lo primero que pensó es que se habrían visto involucrados en algún accidente.

—Espero que no hayan matado a nadie —comentó Leo pensando en un choque o un atropello.

—No. No ha sido una cuestión de tráfico.

—Entonces, ¿qué? ¿Una pelea? ¿Han roto algo? Espero que no tenga que ver con drogas, aunque los voy a despedir igual, sea lo que sea...

—Tampoco tiene que ver con drogas; tiene que ver con el trabajo.

Para esa sorpresa no estaba preparado Leo Rivas. Se quedó de piedra cuando le dijeron que sus chicos habían sido detenidos por hallarse en su poder una bolsa con restos humanos y que los investigadores intentaban establecer alguna relación entre esos huesos y las últimas emisiones de *Ultramundo*.

En realidad, no había sido así desde el primer momento. Los agentes que detuvieron a Paco en Trasmoz, al ver lo que había en la bolsa que sujetaba, lo primero que pensaron fue que había sido él quien había protagonizado el asalto al grupo de teatro. Por supuesto, no le creyeron cuando dijo que acababa de encontrar aquella bolsa y que desconocía por completo su contenido. Le interrogaron por la calavera, le preguntaron por Hamlet y el monasterio de Veruela, y el cámara televisivo no entendía nada.

Fue más tarde, en el cuartelillo de Vera, cuando el comandante de puesto se preguntó si no estarían ante algo más gordo. Como millones de españoles, él también había seguido los programas especiales, y al encontrarse allí con dos miembros del equipo de *Ultramundo* y una bolsa con huesos y una calavera, no le costó mucho atar cabos.

—Hay que llamar inmediatamente a Madrid —ordenó a sus hombres—. Que intervenga rápidamente la dirección general para saber cuanto antes si estamos ante los restos de Bécquer.

A partir de ese momento se pusieron en marcha los dispositivos de urgencia. Agentes de élite de la Guardia Civil de Zaragoza, Sevilla y Madrid se movilizaron en un operativo especial. Unos recogieron los restos encontrados en poder de los periodistas, otros tomaron muestras de las pequeñas esquirlas de hueso que habían quedado en la tumba de Bécquer, y los últimos lo juntaron todo y lo analizaron en los más modernos y rápidos laboratorios de la capital para llegar a una conclusión evidente: los restos llevados desde Sevilla y los trasladados desde Trasmoz tenían el mismo ADN. No cabía ninguna duda de que se trataba de Gustavo Adolfo Bécquer.

La noticia corrió como la pólvora entre los principales mandos de los Cuerpos y Fuerzas de Seguridad del Estado. El inspector Ruiz se encontraba con su esposa recorriendo las estancias de El Escorial cuando recibió una llamada urgente de Sevilla.

—¡Ruiz! —tronó la voz de su jefe—. Preséntese cuanto antes en la Dirección General de la Guardia Civil en Madrid y póngase de inmediato a su disposición.

—¿Ha pasado algo?

—¡Claro que ha pasado algo! Se nos han adelantado y han encontrado al poeta de las narices. Y no es que me importe mucho, pero hay que estar presentes allí. Así que ya está yendo donde le digo.

—Pero ¿qué ha pasado? ¿Dónde estaba? ¿Quién lo tenía?

—Ha pasado que hay dos detenidos, pero aún hay que detener al cabecilla. Usted vaya donde le digo y ya le pondrán al tanto.

Leo Rivas se enteró de que él era ese cabecilla, la mente que había urdido todo un complicado plan para ganar audiencia televisiva, cuando un grupo de policías y guardiaciviles se presentaron en sus estudios con una orden de detención.

Leo estaba reunido con sus colaboradores, diseñando otro programa especial, sin conocer todavía los resultados de los análisis efectuados a los restos hallados en poder de sus colaboradores.

—¿Se puede saber de qué se me acusa? —preguntó Leo a los recién llegados.

—De ser el responsable intelectual del robo y ocultamiento de los restos mortales de Gustavo Adolfo Bécquer. De encargar y financiar la violación de un recinto mortuorio. De crear alarma social con el único propósito de incrementar el número de espectadores de su programa y con ello el número de anunciantes, para obtener grandes beneficios económicos.

—¡Es increíble! ¡Absolutamente increíble! —exclamó Leo Rivas.

—Si es increíble o no, eso tendrá que decidirlo el juez.

—Lo increíble es que Bécquer se manifieste de esta manera —insistió Leo—. ¿No lo entienden? Esto es algo más que un error policial, esto es un designio del más allá. ¡Bécquer nos ha seguido! Su espíritu ha estado pendiente de nuestros movimientos y no hay duda de que me quiere con él. ¡Bécquer me quiere a su lado!

Leo Rivas se dejó detener sin oponer resistencia, pero sin parar de dar instrucciones a sus colaboradores. Dijo que empezaran inmediatamente a preparar otro programa especial. Que esta vez había que unir su figura a la del poeta. Que transmitirían el mensaje de que Gustavo Adolfo los había elegido, que se había manifestado a través de ellos, que *Ultramundo* había recuperado al poeta y que, como suele ocurrir con los grandes visionarios, las autoridades mostraban su torpeza habitual castigándolos cuando en realidad merecían una recompensa.

Fruto de esas palabras, la redacción de *Ultramundo* pasó del aturdimiento al entusiasmo, mientras los agentes de la ley pasaban de la tensión a la perplejidad, y casi todos ellos se preguntaban si en vez de conducirlo a la cárcel debían llevarlo más bien al psiquiátrico.

La mujer del inspector Ruiz no paró de decirle a su esposo que no cerrara el caso, que aún había gato encerrado y allí estaba ella para solucionarlo.

Al párroco de la Anunciación tampoco le convencía la explicación de la Guardia Civil y así lo dejó entrever cuando se reunió con el arzobispo y el decano de la Facultad de Bellas Artes. El motivo del encuentro era celebrar la recuperación del poeta, estudiar las obras que se debían llevar a cabo en la cripta que compartían el templo y el recinto universitario, para evitar nuevos sobresaltos, y comentar la propuesta que les había enviado Juan Ricardo Adamonte para organizar una espectacular ceremonia de bienvenida a los restos de Gustavo Adolfo.

—Yo diría que lo que hay que organizar es un entierro —comentó el sacerdote, pero no hicieron mucho caso a ninguna de sus reticencias.

Quienes no seguían las noticias en torno a lo que ellos mismos habían provocado eran Eduardo, Óscar y Dafne. Entre los tres se instaló un silencio tácito que los acompañó en el lento viaje de norte a sur, desde Ágreda a Sevilla, con parada técnica y romántica en Madrid.

Buscaban carreteras secundarias. Alargaban el momento de volver a la normalidad porque temían que nada fuera normal al llegar a casa. Hasta Óscar acabó por aceptar aquel ritmo cansino. Pero, aunque despacio, avanzaban; y alguna vez tenían que llegar.

Así se vieron a veinte kilómetros de su ciudad cuando Eduardo dijo que tenía que repostar. Pararon en una gasolinera, llenaron el depósito y Óscar se quedó a la espera mientras Eduardo y Dafne iban al baño. Estando allí, solo, junto al coche, se acercó una chica y le preguntó si podían llevarla a Sevilla. Algo extraño pasó dentro de Óscar al hablar con ella. Le dijo que sí, claro; que la llevarían. Le preguntó su nombre y se la presentó a Dafne y Eduardo cuando regresaron. Después se sentó detrás, junto a ella, sin dejar de contemplarla ni un instante. La chica les contó que había perdido el autobús, que estudiaba primero de Filología, que todos los días acudía a la facultad desde aquel pueblo en las afueras y que disfrutaba mucho con la carrera elegida, por su gran afición a la lectura y su amor por la poesía. Entonces miró a Óscar, que a su vez la observaba sin parpadear, totalmente fascinado, y le preguntó:

—¿A ti te gusta la poesía?

Óscar sintió algo que desconocía, algo que nunca había experimentado, algo que le estremeció de la cabeza a los pies y que puso en su boca unas palabras que ni él mismo supo de dónde salían:

—¿Y tú me lo preguntas? ¡Poesía eres tú!

Eduardo y Dafne se miraron atónitos, y en algún lugar remoto se escuchó el crujir de unos huesos temerosos de no descansar en paz.

Este libro se terminó de imprimir
el 23 de septiembre de 2024,
ciento cincuenta y cuatro años después
de la muerte del pintor Valeriano Bécquer,
hermano y compañero de aventuras
del poeta Gustavo Adolfo Bécquer.

Títulos publicados

PREGUNTA
ediciones

Relatos

Las pérdidas rojas. Chusa Garcés
Cuentos detrás de la puerta. Begoña Abad
Amor, blanco roto. Chusa Garcés
Letras de tinta. Lourdes Aso Torralba
Baños de Panticosa. Premios Literarios. Varios autores
Sobreexposición. Laura Bordonaba Plou
Desde el otro lado. Prosas concisas. Fernando Aínsa
Buscando los orígenes de aquello. Irene Achón, María Jesús Artigas, Alberto Delmalo, Ana García, Coral González, Anabel Hernández, Aitana Muñoz, María José Pardo, Eva Pardos, Elisa Pérez, Manuel Pinos, Pilar Royo
Brioleta. Encuentro de escritoras aragonesas. Lourdes Aso Torralba, María Pilar Benítez Marco, Elena Gusano Galindo, Chusa Garcés, Blanca Langa Hernández, Angélica Morales, Marta Navarro, Almudena Vidorreta
Los soñadores. Roberto Malo
Bilbilitanos en la historia. Ricardo Ramos Rodríguez
El dolor del cristal. Sergio Royo
Polar. Laura Bordonaba Plou
La prueba final y otras historias cortas. Ganadores del Certamen de Cuentos y Relatos Breves Junto al Fogaril
Viviendo en tiempo brutal. Sergio Royo
Contemplación. Franz Kafka
Zaragoza turbia. José María Tamparillas
Sabor metálico. Eva Pardos Viartola
Cuentos esféricos. Chema González
Canciones tristes que te alegran el día. Miguel Mena
Todo es agua. Begoña Fidalgo
Mar de lejos. Manuel Pinos
Y de repente esta lluvia. Sergio Royo
De bares y mujeres. Marta Armingol, Olga Asensio, Laura Bordonaba Plou, Clara Castán Ibarz, Begoña Fidalgo, Paula Figols, Chusa Garcés, Magdalena Lasala, Elvira Lozano, Rosa Martínez, Angélica Morales, Eva Pardos Viartola, Clara S. Mendívil, Laura Serrano
Diáspora. Isabel Gutiérrez Cía
Relatos de La Flama. María Jesús Artigas, Emilia Bayod, Marta Gascón, Clara Járboles, Merche Llop Alfonso, Abraham José Mendoza Diloy, Eva Pardos Viartola, Alfredo Pérez, Elisa Pérez Ibarra, Manuel Pinos, María José Sanjuán, Wenceslao Varona López, Gloria Verdoy
Un martes cualquiera. Laura Latorre Molins
Con voz y voto. Pioneras americanas del relato social y la ciencia ficción y tres piezas del teatro sufragista británico. Edición de Isabel Alquézar y Berta Lázaro
Todos los crímenes del mundo. Sergio Royo

Novela

El último concierto de David Salas. Roberto Malo
Crónica de un deseo. Antonio Ventura
Verde mar del norte. Clara Castán Ibarz
La brújula del universo. Mario de los Santos
El eco entre la bruma. Ricardo Ramos Rodríguez
Las sombras del Imperio. Ricardo Ramos Rodríguez
La movida que te salvó. Mariano Pinós
Merecer la vida. Laura Serrano
Cariñena. Antón Castro
Los días blancos. Marta Armingol
Declive. Fernando Rivarés

Canciones ligeras. Miguel Mena
Hannibaal. Miguel Carcasona
Inventario de monos. Galgo Cabanas (Mario de los Santos y Óscar Sipán)
De viento y sal. Clara S. Mendívil
Jimena. Magdalena Lasala
Catorce. Paula Figols
El silencio y su canción. Ángel Gracia
Marta. Víctor Juan
La nota muerta. Rosa Martínez
Para cenar, aire. Pedro Bosqued
Las batallas perdidas. Jaime Tomás
La fugitiva. Clara Járboles
Alcohol de quemar. Miguel Mena
La casa de los dioses de alabastro. Magdalena Lasala
Tristán. La ética del monstruo. Javier Romero Collazos
Puente de Hierro. Miguel Mena
Máscara. Ricardo Ramos Rodríguez
Leopardos en el diván. Gonzalo Fontana Elboj
Lucífugo. José María Tamparillas
Bendita calamidad. Miguel Mena
La estirpe de la mariposa. Magdalena Lasala
El colapso de la colmena. Julia Jiménez Carrera
Los Hijos de Hura. Abdelrahim Kamal
Dinero caído del cielo. Reyes Salvador
No podría estar más contenta. Marisol Aznar y María Frisa
Leitmotiv. Sergio Sarsa
Profanación. Ramón Acín
Onda Media. Miguel Mena
Proyecto Sada. Javier Gastón
La vista atrás. Laura Serrano
Pájaros azules en Roma. Miguel Ángel Nievas
Alerta Bécquer. Miguel Mena
Taquicardia. Teresa Álvarez

Poesía

Litiasis. Manuel M. Forega
Todas las religiones son una / No hay religión natural. William Blake
Estoy poeta (o diferentes maneras de estar sobre la Tierra). Begoña Abad
AntiaéreA. Encuentro poético en Zaragoza. Carmen Camacho, Alicia García Núñez, Marta Navarro, Chus Pato, Inés Povar, Miriam Reyes, Sandra Santana, Hermanas del Hambre (Elisa Berna y Charo de la Varga)
Todo estalla dicho. Elvira Lozano
La experiencia de la poesía. Ángel Guinda
AntiaéreA II. Poesía encontrada en Zaragoza. Ajo, Eva Antón Bravo, Zhivka Baltadzhieva, Isabel Bono, Javier Corcobado, Cristina Járboles, Laia López Manrique, David Mayor, Carmen Ruiz Fleta
Diez años de sol y edad. Antología 2006-2016. Begoña Abad
Alud. Javier Fajarnés Durán
Los países de piedra. Pablo Javier Pérez López
Existe algún lugar en donde nadie. Juan Pablo Roa
Te mataré mientras vivas (Coronación supersónica). Raúl Herrero
La ciudad y el cuchillo. Javier Fajarnés Durán
Vidrieras. Laurent Tailhade
El tiempo de las alambradas. Antología poética. Antonio Orihuela
Esta vida verde. Antología poética. Lyn Coffin
Las palabras son nocivas. Antología poética. Amador Palacios
Las locuras ya no son locuras. Antología poética. Ferruccio Brugnaro
El techo de los árboles. Begoña Abad
Satirologio. Epigramas del siglo XXI. José Verón Gormaz

Caballo de mina. Gerardo Vacana
Big Bang. José Luis Esteban
Los signos en el agua. Noventa y nueve poemas. Joaquín Sánchez Vallés
Avanza el olvido. Javier Ramón Jarne
Fábrica de la seda. Miguel Ángel Curiel
Casa junto al arrecife. Enrique Ariño Gil
Trivium. Marcos Castillo Monsegur
El lenguaje de las ballenas. Begoña Abad
El libro de horas. Rainer Maria Rilke
Gran Guiñol. Miguel Ángel Ortiz Albero
Cantares y presagios. José Verón Gormaz
Marcha por el desierto. Sandra Santana
Una guitarra de contrabando. Gerardo Vacana
Diccionario de garzas y de mirlos. Pablo Javier Pérez López
Piedra y tijeras. Nacho Tajahuerce
#MedeaHaVuelto. Angélica Morales
Madres. Begoña Abad
Todas las moradas de mi aliento. Jacques Meylan
Razón de espera. Rafael Lobarte Fontecha
Poesía. Guido Cavalcanti
Tránsito. María Pilar Martínez Barca
Viejo. Sergio Gómez
Barro. Miguel Ángel Curiel
Historia del mundo antiguo. Joaquín Sánchez Vallés
Este día, este momento. Juan Pablo Roa
El miedo del doble a la soledad. Rosa Martínez
Un vuelo sin la mecánica adecuada. Pecker
Brioleta volumen 2. Poesía aragonesa en femenino. Carmen Aliaga, María Pilar Benítez Marco, Mar Blanco, Marta Domínguez Alonso, María Dubón, Ana Giménez Betrán, Reyes Guillén, Blanca Langa Hernández, Angélica Morales, Trinidad Ruiz Marcellán, Helena Santolaya y Carlota Urgel
Entre el huerto y el corral y otros versos. Gerardo Vacana
Cantar cuarenta. Cancionero completo 1983-2023. Gabriel Sopeña
Sálvida. Sofía Díaz Gotor
La fuerza de la tierra. Paula Martínez
Ahab. Antología poética. Carlos Ramos
Enseres del invierno. Miguel Carcasona
A la izquierda del padre. Begoña Abad
La muerte se llama Juan. Joaquín Sánchez Vallés
Y ¡PUM! Un tiro al pajarito. Sandra Santana
La vida de María. Rainer Maria Rilke

Libro ilustrado

El dibujante de relatos. Antón Castro y Juan Tudela
La península de Cilemaga. Helena Santolaya
Marcianos. Sergio Algora y Óscar Sanmartín
La odisea de Fortunato. Pere Inglés y David Girón

No ficción

Reconstrucción. Miguel Ángel Ortiz Albero
Sahara Occidental. Cuarenta años construyendo resistencia. Varios autores
Residencia y tránsito de las letras en Aragón. Fernando Aínsa
Diario de campo de un psicólogo en un club de fútbol. Luis Cantarero
Marcelino. Muerte y vida de un payaso. Víctor Casanova Abós
Aragón en el sistema solar. Carlos Garcés Manau
Los poetas malditos. Paul Verlaine
Poetas y poéticas. Ensayos. Amador Palacios
Del espejismo de la revolución a la venganza de la victoria. Guerra y posguerra en Barbastro y el Somontano (1936-1945). José María Azpíroz Pascual

Nerín. Memorias compartidas. Varios autores. Edición de Rafael Latre
Sahara Occidental. Del abandono colonial a la construcción de un estado. Varios autores
El hombre elefante. Frederick Treves
Pasaron por aquí. Antón Castro
Nacer para aprender, volar para vivir. Un acercamiento a la poesía de Begoña Abad. José María García Linares
¡Cállate, papá! Padres y violencias en el fútbol industrial. Luis Cantarero
Metodologías activas en el aula. Varios autores
Gamificación educativa. Varios autores
El viaje exterior. Ensayos censores IV. Manuel Martínez-Forega
Teruel. Otra dimensión. Juan Villalba Sebastián
Opiniones de mujeres. María Domínguez
La guerra de los robots. Cómo la tecnología está cambiando los conflictos armados. Francisco Rubio Damián
La escritura por venir. Ensayos sobre arte y literatura en los siglos XX y XXI. Sandra Santana
La vida al alcance de la mano. La discapacidad a través de mi historia. Álex Sánchez
El viaje exterior. Ensayos censores V. Manuel Martínez-Forega
El camino de la serpiente. Escritos ocultistas. Fernando Pessoa
La jota, aragonesa y cosmopolita. De San Petersburgo a Nueva York. Marta Vela
El bazar infinito. Rutas y mares entre Oriente y Occidente. Alberto Cebrián
Ríos que mueren sin mar. Viaje por las culturas de Asia central. Enrique Ariño Gil
Humanizar el fútbol. Deporte y transformación social. Julio Salinas y Luis Cantarero (coords.)
Tú eres antes que todo. Correspondencia de Ramón Acín y Conchita Monrás. Víctor Juan
Adolescentes del siglo XXI. Técnicas de liderazgo parental. Marisa Felipe
Aurora y la celiaquía. Laura Marín
Zaragoza. Historias de ida y vuelta. Miguel Mena
Aragón. Formas de ser. Miguel Mena
Viaje al mar. Diario de un nabatero. Kike Fernández
Un violinista en el Titanic. Tribulaciones de un heterodoxo. Ángel Garcés Sanagustín
Diario del último año. Florbela Espanca
Juan de Velasco, primer maestre de campo de la Ciudadela de Jaca. Marcos Mayorga
Creatividad de andar por clase. Asunción Porta
Albarracín. Un viaje en el tiempo. Juan Villalba Sebastián
Diálogos en cautividad. Antón Castro
Deambulatorio. Miguel Ángel Ortiz Albero
Mauricio Aznar y Almagato. La historia. Jaime González
Máquinas que cuentan historias. La inteligencia artificial y la literatura del futuro. Varios autores
Cincuenta estaciones europeas. Catedrales de la modernidad. Alfonso Marco
La jota, aragonesa y liberal. Zaragoza, Madrid y París. Marta Vela
Sexo, amor y revolución. Hildegart Rodríguez
En torno a Paris, Texas *de Wim Wenders.* Varios autores

Infantil

La Dama, el Duende y el Rey. Tres leyendas aragonesas. Roberto Malo, José María Tamparillas, Daniel Tejero y David Guirao
Moflete, el elegante. Agustín Porras y Arturo García Blanco
La ardilla poeta y el futuro del planeta. Pilimar Aguilar y Xcar Malavida
Moflete ya sabe contar. Agustín Porras y Arturo García Blanco
Agentes del futuro. María Frisa y Xcar Malavida
Minicó dice no. Nerea Mur
El príncipe que cruzó allende los mares. Roberto Malo, Francisco Javier Mateos y David Guirao
De tu abrazo a las estrellas. Victoria Alcalde y Ruth Alarcón
Mocoloco y Flemalarga. Nines Barcelona y Nerea Mur
San Jorge y el dragón. Daniel Nesquens y David Guirao
Antes de las nueve. Pablo Ferrer, Paula Figols, Marina Santos, Christian Peribáñez y Zaira Andrés
Erny, el monstruo de la Laguna Negra. María Álvarez e Irene Campos
Lex, el Tiranosaurio Rex. Roberto Malo, Daniel Tejero y Blanca Bk
La ardilla poeta y su libro de recetas. Pilimar Aguilar y Xcar Malavida
Un viernes soleado. Pepe Serrano y Raquel Samitier
Mika, el niño fantasma. Daniel Tejero y Bernal